사는 데 꼭 필요한 만큼의 힘

사는 데 꼭 필요한 만큼의 힘

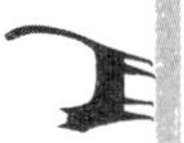

동화작가 노경실 인생 산문집

다우

어릴 때 나의 그늘은 엄마였다. “엄마!” 하고 달려가 폭 안겨 숨으면 누가 뒤쫓아 와도 무서울 게 없었다. 어른이 된 후에는 세상을 휘젓고 다니면서 넘어지거나 상처 입을 때마다 친구와 연인의 그늘로 달려갔다. 그리고 어느새, 이제는 내가 누군가의 그늘이 되고 있다. 때로는 힘들고 벅차지만 내가 누린 안식을 떠올리며 기꺼이 사람들의 그늘이 된다. 이 책은 누군가의 그늘이 되고 싶은 나의 작은 바람이다.

작가의 말

무엇을 갈망하나요?

고등학교 일 학년 봄방학 때였다. 나는, 초등학교 일 학년이던 막내 여동생과 똑같이 급성 폐렴에 걸려 사경을 헤매고 있었다. 병원은 꿈도 못 꿀 정도로 가난했던 탓에 며칠 동안 약으로만 버티었던 우리는 나란히 누워 커다란 깡통에 반복해서 피를 토하는 고통을 감수해야 했다. 하지만 안타깝게도 그런 고통을 이겨 내기에 너무 어렸던 동생은 부모님도 안 계신 집에서 내 품에 안겨 짧은 생을 마감하고 말았다. 이때의 충격은 이루 말할 수 없을 만큼 컸기에 어른이 된 지금까지 여전히 내 기억 속에 머물러 있다.

이 책을 쓰면서 나는 다시 한 번 지나온 삶을 돌아보게 되었다. 특히 청소년 시절을 찬찬히 되돌아보았다. 동생을 떠나보내고 겨우 죽음의 문턱에서 살아 돌아온 나는 한동안 아무것도 할 수 없었다. 설상가상 아버지가 하시던 사업까지 완전히 어그러지고 급기야 돌아가시기까지 하자, 나는 더 이상 살아야 할 의미를 찾지 못했다. 세상 모든 사람과 모든 것을 원망하고 저주하던 끝에 나는 독한 마음을 먹고 홀로 남은 엄마와 셋이나 되는 어린 동생들 곁을 떠나려고 했었다. 몇 번이나 그랬다.

이제 나는 어른이 되었다. 그것도 반백 살을 한참 넘긴 나이에. 그런데 이제 겨우 알 것 같다. 삶과 죽음, 가난과 배부름, 행복과 통곡에 대해서. 그러나 그것마저 어쩌면 착각일지도 모른다. 일흔, 여든, 백 살이 되어도 내가 아는 것보다 모르는 게 훨씬 많을 테니까. 우리 인간은 마지막 순간까지 배워야 하는 겸손할 수밖에 없는 존재라는 사실을 깨닫고 난 후에야 나는 이렇게 말할 수 있었다.

명성과 인기를 부러워하지 마십시오.

철저한 인문학 바탕을 갖추십시오.

이것은 인간에 대한 앎의 중요한 부분입니다.

동화는 아이들에 대한 이야기가 아니라 인간에 대한 이야기입니다.

세상이 들려주는 온갖 잡다한 소리와 영상에서 자신의 영혼을 지키십시오.

시간을 생명처럼 여기고, 혼자 있는 시간을 지상에서 가장 행복한 공부의 시간으로 여기십시오.

나에게 글 쓰는 능력이 있다는 것을 우쭐대거나 남을 무시하는 힘으로 사용하지 마십시오.

아이들의 눈망울과 가슴을 가장 중요하게 여겨야 합니다.

어른들 눈치 보느라 무게 잡는 글을 쓴다는 것은 수치스러운 일입니다.

그런데 이렇게 평생 작가의 길을 걸으며 이제 인생에 대해 조금은 알 것 같다고 자만할 즈음 나는 또 다른 숙제를 받곤 한다. 돌이켜 보면 아무것도 아닌 소소한 일에 무너지고 마음이 갈라진다. 쉽게 잠들 수 없는 새벽이 이어진다. 나는 그럴 때마다 고개 들어 눈부신 태양과 조용히 반짝이는 별과 달을 올려다본다. 그러면 세상과 삶이 다시 한 번 선사하는 기회를 얻은 기분이 든다. "무조건 살아내!"라고 냉정하게 등 떠밀리지 않아서 좋다. 그저 제자리에서 묵묵히 타오르는 태양과 조용히 반짝이는 별과 달을 보는 것만으로 위로받는 느낌이기 때문이다. 내 달! 내 별! 하고 외치는 것은 자유지만 어느 부자나 권력자의 금고 속에 들어가서 빛을 잃었다는 이야기는 여태 한 번도 듣지 못했다. 밤하늘의 달과 별들은 어쩌면 저리도 빛나는 걸까.

떠올리기도 힘들 만큼 아팠던 청년기를 지나, 나는 지금 태양과 달과 별의 호위를 받으며 살아간다. 언젠가는 안착할 수 있다는 삶의 약속을 믿고 인생이란 넓디넓은 광야를 통과하고 있다. 살아오는 동안 단 한 번도 마음껏 두 다리를 뻗고 호의호식을 누리며 희희낙락한 기억은 없지만 그럼에도 불구하고 걸음을 멈추지 않은 나 자신을 누군가 축복해 준다는 믿음이 있기에 묵묵히 내 갈 길을 간다.

도스토옙스키의 소설《가난한 사람들》에서 자신의 처지를 언제 끊어질지 모르는 가느다란 실오라기 끝에 매달린 위태로운 삶이라고 말하는 주인공, 제부쉬킨은 영혼을 매만져 주는 듯한 사랑에 모든 희망을 걸었다.

당신을 알게 되면서부터 나는 비로소 나 자신을 한층 더 잘 알게 되었고, 그래서인지 당신을 사랑하게 되었습니다. 나의 천사여, 당신을 알기 전까지 나는 실로 고독한 인간이었고, 이 세상에서 삶을 산 것이 아니라 마치 잠을 자고 있었다 해도 과언이 아닙니다. …… 그런데 당신이 내 앞에 나타나 어둡던 나의 전 생애를 환하게 비추어 주었습니다. 그래서 나의 가슴도 영혼도 갑자기 빛나게 되었고, 마음의 평화를 얻게 되었고, 내가 다른 사람들보다 못한 인간이 아니라는 것을 깨닫게 되었습니다.

힘들었던 시절 내가 찾은 희망의 빛은 책이었다. 그리고 세상이 보여 주는 행복의 기준에 끌려 다니지 않기 위해 일상을 기록해 왔다. 나는 항상 일기장에 이 말을 가장 먼저 적어 넣는다.

인간의 아름다움은 영혼의 아름다움이 증명해 주고, 그 영혼의 아름다움은 그 영혼이 무엇을 갈망하는지가 증언해 준다.

나는 이 말을 잊지 않고 늘 사람들에게 들려준다. 그리고 묻는다.

지금 당신의 오른손에는 무엇이 들려 있고, 왼손에는 무엇이 들려 있나요?

그리고 무엇을 갈망하나요?

차례

2장

그리고 당신의 이야기

1장

나의 이야기

단풍 잔치

아이가 미술 숙제를 한다며 크레파스 상자를 열자 서른여섯 가지 빛이 쏟아진다. 잠시 뒤 아이의 손을 잡고 밖으로 나갔다. “와, 단풍 잔치네! 크레파스 상자에 담고 싶어!” 하는 아이의 얼굴이 발그레 물든다. 아낌없이 쏟아지는 단풍잎들이 보는 이의 이마와 가슴을 매만져 준다. 나는 뜨거웠던 지난여름을 떠올리며 울컥했다. 두 눈을 깜빡였다.

그래, 우리가 잘 이겨 냈구나.

떨어지는 단풍잎이 젖은 눈가를 닦아 준다.

보름달

두둥실. 커다란 보름달이 뜰 때 어릴 적 엄마랑 할머니가 그러셨던 것처럼, 나도 송편을 먹다 말고 기도를 했다. 그런데 소원이 얼마나, 얼마나, 얼마나 많던지…….

결국은 이렇게 빌었다.

달님, 내 마음 알죠?

추석날 달님처럼 살게 해주세요.

가진 것도 없지만 필요한 것도 없는 진짜 부자로!

비 오는 날

계절이 바뀌었다. 종일 쓸어 내고, 치우고, 내버린다. 이렇게나 많았던가. 힘들다, 언제나 끝날까……. 잠시 쉴 양으로 커피를 마시는데 비가 온다. 창문을 열고 빗방울에 얼굴을, 가슴을, 마음을 내맡긴다. 쏟아지는 빗줄기에 남아 있던 흔적, 얼룩, 생채기가 말끔히 씻겨 간다. 초록빛 물 세상으로의 초대.

겁내지 마요, 다시 씻어 줄게요.

비 오는 날마다 치르는 일상과 마음의 세례식.

소풍

소풍 가는 아이들. 얼마나 좋은지 엉덩이를 흔들며 걸어간다.

나는 오늘도 같은 버스를 탄다. 나의 소풍 길은 언제였지?

나의 소풍은 크레파스처럼 알록달록했다. 까만 김밥, 살구빛 삶은 달걀, 초록빛 사이다, 노란 바나나, 하얀 새 운동화, 빨간 배낭(외할머니는 이 가방을 늘 '니꾸사꾸'라고 부르셨다.), 색색의 과자와 사탕. 나는 단 한 번도 소풍 가기 싫다고 울어 본 적이 없다. 물론 다녀와서 후회한 적은 더더욱 없었다.

소풍, 가고 싶다…….

만원 버스에서 답답한 숨을 몰아쉬는데, 반 뼘 열린 차창으로 한 줄기 바람이 사람들 틈을 비집고 들어온다.

그대, 지금 소풍 가는 거 아닌가요? 당신은 행복한 사람이에요. 날마다 소풍 가잖아요.

나무

오랜만에 만난 사람들이 내 얼굴을 보며 세월의 흐름을 말한다. 그런데 우리 아파트 육 층까지 자란 나무를 올려다보면서는 참 푸르고 싱싱하다고 한다. 십칠 년 전 이사 올 때만 해도 내 키만 한 나무였는데. 겨우내 겉옷 몇 벌로 지낸 나에 비하면 단벌 신사였던 나무. 그래서 다른 줄 알았다. 해가 바뀌어도 그저 그렇게 지낸 나처럼 나무도 그저 그래 보였다. 그래서 같은 줄 알았다.

아니었다. 봄이 오자 그게 아니었다. 찬 바람에 까칠해진 목덜미를 수줍게 매만지는 다정한 봄 햇살이나 두 뺨에 슬쩍 얄밉게 살랑대는 봄바람은 그리 오래가지 않았고, 아주 뜨겁지도 않았다. 그런데 눈과 비비람에 짓눌렸던 땅속에서 어린잎들이 얼굴을 내민다. 세수를 했나? 너무 맑다. 마른 나무의 가지마다 병아리 주둥이처럼 생긴 연초록 생명들이 솟아난다. 무슨 말이 저렇게도 많을까.

봄이 오면

들린다. 졸졸졸, 얼음 아래에서 들려오는 냇물의 뜀박질 소리.

보인다. 쏙, 빤히 얼굴을 내미는 어린잎들.

만져진다. 나 몰래 뺨을 만지고 도망가는 바람의 허리가.

선뜻 겨울옷을 벗지 못하고, 둔탁한 겨울 신발을 아쉬운 듯 끌고 다니지만, 나는 알고 있다.

아침 햇살이 다르다, 어제와는.

오후의 바람도 다르다, 그제와는.

늦은 밤 별들도 더는 창백하지 않다.

우리는 알고 있다. 비록 일상의 면면은 여전히 겨울 왕국의 응달처럼 아슬아슬 미끄럽지만 다시 한 번 '생의 기회'가 오고 있음을.

버스 정류장 나무가 말해 주고 있다.

날 보세요, 춥다고 울고만 있지는 않았어요.

사무실 창 너머 새들이 알려 주고 있다.

날 보세요. 힘든 시간이었지만 날개를 접지 않았어요.

아이들도 전해 주고 있다.

우리를 보세요. 추운 겨울에도 이만큼 키가 컸어요. 매서운 바람에도 한 살 더 먹었어요. 어른들이 힘들다고 한숨 쉴 때에도 새 이가 났어요!

그래서 우리는 다시 일어선다.

늘 봄이 내 방문을 두드렸는데, 이번만큼은 내가 먼저 가서 봄을 만나야겠다. 무거운 옷을 갈아입고, 가벼운 신발을 신고 가야지. 버스 정류장 나무에게 인사하고, 새들에게 눈짓을 하며, 아이들에게 손도 흔들어 주리라. 새로운 봄날에 돋아날 나의 새 이를 기대하며!

서설이 내리는 아침

"여태 한 것도 없는데 벌써 연말이야?"

하며 한숨지은 것 같은데, 아침에 일어나 보니 하얀 눈이 내리고 있다. 그냥 눈이 아니란다. 여기저기서 들뜬 목소리가 들린다.

– 하늘에서 새해를 축복하려나 봐. 서설이 내리네.

– 서설이 뭐죠?

– 상서로운 눈이란 뜻일걸.

– 상서롭다는 게 뭔데요?

– 그건 말이야, 복되고 경사스러운 일이 일어날 조짐이 있다는 거야.

지난밤 당신이 어떤 마음으로 잠들었든, 아무도 모르게 어둠 속에서 울먹였든, 오늘 아침 일어나 무심히 창문을 열고 눈 덮인 하얀 세상을 보게 되는 순간 아, 하며 탄성을 내지를 것이다. 세상살이의 온갖 근심 걱정, 일상의 별의별 계획과 두려움 따위는 한순간에 사라질 것이다. '뭐, 그 정도 갖고! 다시 시작해!' 하는 마법의 주문과 함께.

새해입니다. 당신에게 다시 한 번 축복의 기회가 찾아옵니다. 그 약속의 증거로 하얀 눈을 보냅니다!

새해는 서설을 내려 우리에게 또다시 손을 내민다. 두 다리를 일으켜 세우고 반짝이는 두 눈동자가 더는 눈물 흘리게 않게 한다. 그래서 우리는 서설과 새 달력, 새 수첩을 핑계로 소망하나 보다.

새해, 새하얀 눈이라니! 마치 '약속'이 담긴 새해의 메시지 같구나.

그래, 새해에는 분명 저 눈처럼 상서로운 일들이 일어날 거야.

내 이름

내 이름 석 자, 노경실. 경사 경慶, 열매 실實, 기쁨의 열매.

내 이름의 의미. 자주 떠올렸지. 힘들고 슬프고 외로울 때마다.

꽃피우기 위해, 열매를 맺기 위해,
부단히 넘어지고 다시 일어선 흔적들.
일기장에 무수히 담긴 상처 딱지들.
이제 그만하자.

꽃을 피우지 못해도, 열매가 부실해도, 괜찮아.

보도블록 사이사이 저 작은 풀 좀 봐.

저 손가락만 한 풀처럼 살고 싶어.

어차피 판단은 무덤 앞에서 하는 거잖아.

별은 사라지지 않는다

밤은 어둡다. 캄캄하여 아무것도 보이지 않는 어두운 밤길을 걸어 본 적이 있는가. 나는 손전등 없이도 흔들리지 않고, 비틀거리지 않고 똑바로 걸을 수 있다. 이것은 나의 비밀이며, 나만의 즐거움이다.

일산의 밤하늘은 서울과 확연히 다르다. 답답한 서울 하늘, 꼭꼭 숨어 있던 별들이 이곳에서는 제 모습을 드러낸다. 처음에는 무작정 고개를 위로 향하고, 별을 보며 걸었다. 이리 비틀 저리 비틀. 몇 걸음 못 가 멈추는 일이 반복되었지만, 시행착오를 겪다 보니 나만의 노하우가 생겼다. 비결은 '욕심내지 않기'였다. 이 별, 저 별, 하얀 별, 노란 별, 큰 별, 작은 별을 보느라 눈동자를 굴리는 대신 별 하나를 고른 다음 그 별과 대화하듯 시선을 고정하고 걷는다. 이렇게 하면 한 걸음도 비틀거리지 않고, 어지럼증 없이 오로지 별만 보며 걸을 수 있다. (못 믿겠다면 당장 밖으로 나가 해봐도 좋다.)

나는 이 방식을 사람한테도 그대로 써먹는다. 이 사람, 저 사람 마음을 얻으려고 욕심부리지 않는다. 내 진심을 받아 주거나 흔쾌히 마음을 열어 준 한 사람만 쳐다보는 것이다. 나는 인생도 그렇게 살기로 했다. 항상 욕심이 문제였다. 이것저것 잡다한 것에 눈길을 보낼수록 행보가 어지러웠다. 나는 누군가와 길을 걷게 되면 꼭 이 비법(?)을 전수한다.

– 아십니까? 별을 보면서 흔들리지 않고 똑바로 걷는 방법을?

백이면 백 모두 신기한 눈으로 나를 바라본다.

– 어떻게 하면 그럴 수 있죠?

나는 잔뜩 목소리를 낮추며 대답한다.

– 별 하나에 눈과 마음을 의지한 채 걸어 보세요. 사랑도 마찬가지입니다. 별 하나를 의지하듯 한 사람만 의지해 보세요.

사람들의 눈이 반짝인다. 그 속에는 '오늘 밤에 당장 실행해 봐야지!' 하는 결의가 엿보인다.

그러나 어리석은 인간은 스스로 아픔과 고통과 혼란을 자초하고 나서야 깨닫는다. 나 역시 사랑하는 사람의 발자국 소리를 영영 들을 수 없게 되어서야 알게 되었다.

아주 오래전 가을날, 친구의 초대를 받아 바이올린 연주를 들으러 갔다. 우리는 연주회가 끝난 뒤, 차를 마시며 이야기를 나누었다. 내가 먼저 말문을 열었다.

– 앙코르 요청할 때, 아무 말 없이 바이올린을 켜는 모습이 참 좋았어. 그렇게 연주자는 연주로, 작가는 글로, 화가는 그림으로 자신을 말하는 건가 싶더라.

그러자 친구는 말없이 내 손을 꼭 쥐었다. 그리고 슬며시 웃으며 아주 작은 소리로 말했다.

– 쉬잇! 네 말이 맞아. 나는 바이올린으로 내 마음을 전하는 것뿐이야.

그 순간 나는 아예 손을, 아니 마음을 맡긴 채 그대로 그렇게 있었다. 말은 필요 없었다.

지금 내 곁에는 아무도 없고 밤은 여전히 어둡지만 저 별이 있다. 나는 더 이상 비틀거리지 않는다. 숱한 혼란으로 인해 생긴 상처는 여전히 남아 있지만 더는 헤매지 않고 걸을 수 있게 되었다.

별을 보며 집으로 돌아오는 길. 오직 별 하나에 의지한 채, 캄캄한 어둠을 뚫고 안식처에 도달했을 때의 기쁨이란! 하늘이 무너지지 않는 한, 별은 사라지지 않는다. 그리고 그 별은 고맙게도 어둠 속에서만 빛난다.

꼭 필요한 만큼의 힘

1984년, 여름 장맛비는 내가 사는 망원동을 단숨에 삼켜 버렸다. 망원동 유수지가 무너지는 바람에 인근 초등학교로 대피령이 내려졌다. 우리 가족이 제 물건 하나씩만 겨우 챙겨 도착한 학교 강당 안은 발 디딜 틈 없이 수재민들로 빼곡했다. 전쟁 통도 아닌데 배급받은 담요를 둘러쓰고, 라면으로 배를 채우며 버티기를 며칠째, 이제 집으로 귀향(?)해도 된다는 안내 방송이 흘러나왔다. 동생들과 나는 지겨운 피난민 생활이 끝난다는 소식에 덩실덩실 춤이라도 추고 싶었다. 서둘러 짐을 꾸린 우리는 냄새나는 담요를 소중히 끌어안고 집으로 향했다.

동네 안에 들어서자 큰길은 물론이고 좁은 골목 안까지 진흙이 떠밀려 와 있었다. 집 안은 더 심각했다. 사면 벽, 모서리 어디에나 진흙이 질펀했다. 한강 상류에서 떠내려온 미꾸라지와 이름 모를 작은 물고기들이 여기저기 죽어 있거나 가쁘게 숨을 내쉬고 있었다. 무사귀환을 축하하는 환영회치고는 전혀 아름답지 못한 광경이었다.

망연자실한 우리 가족은 한동안 미동도 없이 서 있었다. 진흙펄 밭이 된 집을 치울 것을 생각하니 앞이 캄캄했다. 하지만 맨손으로 달려드는 것 외에는 달리 방법이 없었다. 결국 막내둥이 남동생까지 팔을 걷어붙이고 도왔는데 얼마나 힘들었는지 자려고 누우면 끙끙 앓는 신음소리를 낼 정도였다. 살림살이는 거의 망가져 미련 없이 집 밖으로 던져 버렸다. 설상가상 전기와 물 공급까지 늦어져 복구가 더디 진행되었다. 피로와 한숨이 깊어 갔지만, 신혼살림 차리듯 새 물건을 하나씩 들여놓고, 도배까지 해놓으니 이제야 사람 사는 집 같았다. 말끔해진 집 안을 둘러보니 속이 다 후련했다. 그동안의 노고가 싹 가시는 기분이었다. 돌아보면 아주 끔찍한 기억만은 아니었다. 어려운 일을 함께 겪으면서 가족 간의 정이 두터워졌으니 말이다.

말 그대로 끔찍한 기억은 이보다 나중에 생겼다. 삼 년 뒤 또다시 망원동 유수지가 무너진 것이다. 게다가 어두운 밤이었다. 삽 시간에 합정동 사거리까지 물이 차올랐다. 이번에는 아무것도 건지지 못하고 우리 가족은 서로의 손만 잡고 서둘러 망원동을 빠져나왔다. 그런데 내가 그만 발을 헛디딘 순간이 있었다. 나는 중심을 잃고 물속에서 허우적댔다. 순간적으로 공포에 질린 나머지 양손에 쥔 두 여동생의 손을 힘껏 끌어당겼다. 본능적으로 살려는 몸짓이었다.

– 으악, 큰언니!

– 어푸어푸, 사람 살려!

두 여동생은 비명을 지르며, 나와 함께 빠른 물살에 갇혀 허둥댔다. 그때 자칫 정신을 놓쳤다면 나는 물귀신처럼 여동생들의 손을 잡은 채 한강 하류로, 아니 서해 바다로 흘러갔을지 모른다. 다행히 잠시 후에 정신을 차리고 겨우 두 발로 중심을 잡을 수 있었다. 나는 시커먼 물빛보다 더 어두운 하늘을 올려다보며 속으로 외쳤다.

– 하나님, 한 번으로 족합니다! 제발 그만!

어쨌거나 그날 살아남은 대가로 우리는 북한에서 보내 온 쌀과 무명천을 배급받았다. 지난번보다 훨씬 심각한 상황이었다. 우리 가족은 두 번의 물난리를 겪으며 모든 것을 잃을 위기에 놓였다. 결단이 필요했다. 하루라도, 아니 한 시간이라도 더 빨리 힘을 모아 다시 일어서야 했다. 엄마는 그러한 결단을 온몸으로 실행한 사람이었다. 그런 엄마를 보며 상실감에 힘을 잃었던 아버지도 천천히 기운을 차렸다. 몇 달 후, 집이 완전히 복구되고 우리 가족은 조촐한 축하 자리를 가졌다. 오랜만에 상다리가 휘어질 듯 푸짐한 상이 차려졌다. 마지막으로 엄마가 자리에 앉았다. 나처럼 자그마한 엄마. 아이 다섯을 낳아 기르면서 쉬지 않고 일하는 엄마. 이 작은 사람에게 무슨 힘이 있단 말인가! 문득 이런 생각이 들었다.

힘은 있어서 나오는 것도, 애를 쓴다고 생기는 것도 아니다. 살아갈 힘은 하늘이 주는 것이다. 살겠다는 의지가 있는 자에게 주는 선물이구나! 하늘의 은혜다!

살기 위해 몸부림친 우리 엄마. 하늘은 엄마에게 꼭 필요한 만큼의 힘을 준 것이다. 그 힘이 지나쳤다면 넘치게 일을 하느라 벌써 쓰러졌을지도 모른다. 또 반대로 부족했다면 일하다 힘에 부쳐 하늘을 원망하며 쓰러졌을 것이다. 이때부터 나는 물질적인 것은 물론이고 내가 가진 능력 이상을 과하게 바라지 않게 되었다.

지금 엄마는 그때보다 더 작고, 더 말랐으며, 더 연약하다. 하늘이 지금의 엄마에게 꼭 알맞은 힘을 주셨으니 감사할 일이다. 덕분에 모든 식구의 관심과 사랑이 엄마에게로 향해 있고, 그만큼 보호받고 있으니 말이다.

나의 사랑하는 책

나는 1958년생이다. 어디서 연유했는지 모르겠으나, 때로 '1958년생'은 어느 자리에서나 화두가 되기도 하고, "나 오팔 개띠야!" 하며 좌중을 압도(?)하는 강력한 카리스마를 발휘하기도 한다. 나 또한 이 '1958년생'을 무슨 훈장처럼 달고 다니며 명랑 활발하게 지냈다. 그리고 어느덧 예순을 코앞에 두고 있다. (놀랄 일은 아니다. 우리나라, 아니 전 세계의 1958년생들이 몽땅 예순을 앞두고 있으니 말이다.) 문득 "내가 참 오래된 사람이구나." 하는 생각이 들었다. 한국전쟁이 1950년에 발발했고, 1953년에 휴전, 그리고 1958년에 내가 태어났으니 말이다. 비극적 전쟁이 휴전 상태로 막을 내리고 얼마 되지 않아 태어난 내게 있어 '책'이란 "링컨 대통령의 어린 시절, 빗물에 젖은 책 한 권"과 별반 다를 게 없었다. 시대가 그랬다.

읽고, 보고, 듣고 하는 가장 기본적인 문화 욕구에 목말랐던 그 시절 아이들에게 그래도 출구는 있었다. 만화방과 교회였다. 만화방 출입은 떳떳하지 못했고, 만화책 읽기는 불량스러운 일로 취급받았던 것에 비해 교회에 가는 일은 부끄럽지 않았다. 게다가 돌아올 때에는 공책 한 권, 사탕 한 알이라도 얻어 왔기에 개선장군처럼 당당할 수 있었다. 어디 그뿐인가. 성경 속 이야기는 아라비안나이트처럼 흥미로웠으며, 풍금 소리에 맞춰 부르는 노랫말은 절절했다.

나의 사랑하는 책 비록 헤어졌으나
어머님의 무릎 위에 앉아서 재미있게 듣던 말,
그때 일을 지금도 내가 잊지 않고 기억한다.

이 찬송가의 한 소절은 지금 불러도 전혀 생뚱맞거나 낯설지 않다. 여기서 '나의 사랑하는 책'은 물론 성경책이다. 나에게 '사랑하는 한 권의 책'은 인생의 고비 고비마다 다른 모습으로 나타나 위로해 주었고, 용기를 주었으며, 삶의 지혜를 주었다.

무르고 약한 내가 쓰러지고 슬픔에 빠져 넘어졌을 때, 두려워 벌벌 떨고 서러워 울며 분노에 잠 못 이루고 육신의 허약함으로 외로워했을 때, 사랑과 이별에 병들고 가난에 초라해지고 우둔하여 비웃음을 샀을 때, 못난 나 자신을 자책하며 때로는 자만으로 비겁하고 때로는 사람에 대한 헛된 믿음으로 가슴이 뻐개지도록 아팠을 때…… 그런 고비마다 나의 두 손을 잡고 두 무릎에 힘을 주어 일으켜 세운 것은 독한 술도, 이성의 달콤한 혀도, 밑바닥까지 주저앉은 자기 연민도 아니었다. 도스토옙스키를 비롯한 수많은 책과 예술이었으며, 성경은 그 모든 것의 '심장'이었다. 그렇기에 '나의 사랑하는 책'은 특정한 책 한 권을 내세우기 어렵다. 내 육십 인생의 걸음, 걸음을 함께한 '모든 책'을 아우르는 하나의 고유명사이며, 진귀한 언어이다.

밤을 달리다

어떤 때는 무작정, 어느 날은 고통과 외로움에 휩싸여 미친 듯이 걸었다.

그러다 너무 지쳐 지인을 만나도 말 한 마디 못한 채 멍하니 서 있기도 했다.

붓을 잡은 손이 심하게 떨리기도 했다.

고통을 잊기 위해 고흐가 주로 썼던 방법은 달리기였다. 나도 하루 두 시간 이상을 무작정 달린 적이 있었다. 어떤 때는 슬프거나 기뻐서, 어떤 때는 외롭거나 화가 나서, 때로는 권태로워서 달렸다. 하지만 얼마 안 가 달리기를 관두어야 했다. 달리기만으로 극심한 스트레스와 불규칙적인 생활에 대항하기는 역부족이었다. 위궤양이 발병해 급기야는 응급실에 실려 갔고 퇴원할 때는 의사의 협박(?)이 뒤따랐다.

– 위궤양이 위암으로 진행될 수도 있다는 것 기억하고, 조심하세요!

나는 달리기를 멈추고, 잘 먹고, 되도록 머리를 비우려고 애썼다. 그럼에도 불구하고 밤낮이 바뀐 생활은 여전했다. 쉬지 않고나 자신을 들볶는 것도 그대로였다. '나는 보편적인 모든 악덕과 싸우기 위해 엄격성을 연마했다.'라는 칼뱅의 말을 머리맡에 써 붙여 놓기도 했는데 허사였다. 시간이 약이라는 말처럼 그냥 기다리는 수밖에 없었다. 과연 시간이 지나고 어느 정도 기운을 차린 후에 다시 달릴 수 있었다.

이번에는 아침이 아닌 밤에 달린다. 밤에 달리면 우선 공기가 좋다. 어둑해지는 밤 아홉 시를 전후해 운동화로 갈아 신는다. 새벽안개를 뚫고 달리노라면 가슴이 찢어지는 것처럼 아픈 데다가 돌아올 즈음에는 눈부신 아침 햇살에 온몸이 땀으로 흠뻑 젖어서 고문당하는 느낌이 드는 게 싫어서이기도 하다.

밤을 달리는 기분은 꽤 유쾌하다. 신선한 밤공기, 호수에 비친 가로등 불빛, 적막한 거리 풍경에서 낮과 다른 편안함을 느낄 수 있다. 서늘한 밤공기 때문인지 땀에 젖어도 그리 지친 기분이 들지 않는다. 나는 달릴 때 일부러 흘러내리는 땀을 닦지 않는다. 귓속으로, 입안으로, 목덜미로, 등 뒤로, 앞가슴으로 빗물처럼 흘러내리는 땀줄기에 섞인 눈물을 아무도 보지 못하기 때문이다. 살다 보니 이런 일, 저런 일로 상처 입고, 가슴앓이를 해도 술 한잔 못 하는 체질이라 이렇게 풀어내고는 한다.

그러면서 나는 더 힘찬 발짓을 한다. 어둠을 가르며 사랑으로, 작품으로, 사람으로, 물질로, 외로움으로, 섭섭함으로, 수치심으로, 분노로 혼란스러운 내 작고 여린 심장이 터질 것처럼 달린다. 그리고 그때마다 밤은 흔쾌히 한 자리를 내주며 토닥인다. 내가 있어야 할 자리로 돌아가라고.

소명

교과서의 흑백그림마저 경이롭던 시절, 열두 살 어린 소녀였던 나는 국어책에 실린 〈마담 퀴리〉에 홀딱 빠져들었다. 삽화 하나가 유독 기억에 남았는데, 마담 퀴리가 추운 겨울날 땔감이 없어 옷이란 옷은 다 껴입고 밤새도록 공부하는 그림이었다. 창백하고 깡마른 모습이 마치 수도자 같았다.

강인한 여성, 마리 퀴리[•]는 처음부터 끝까지 줄곧 제 힘으로 험난한 인생을 헤쳐 나간 사람이었다. 열 살에 어머니를 잃었지

• Maria Skłodowska-Curie, 1867-1934

만 흔들림이 없었고, 스물네 살에 프랑스의 소르본 대학에 입학해(당시 폴란드와 독일에서는 여자가 대학에 들어갈 수 없었다.) 수학과 물리학을 공부했다. 수석 합격과 수석 졸업의 영광을 누렸으며, 같은 길을 걷던 피에르 퀴리•와 결혼하고 몇 년 후 남편과 공동으로 노벨 물리학상을 수상한다. 겨우 서른한 살의 나이로 조국, 폴란드의 이름을 딴 폴로늄과 라듐을 발견한 것이다. 최초의 여성 노벨상 수상자이며, 물리학상과 화학상을 동시에 받은 유일한 인물이었다. 또한 여성 최초 소르본 대학 교수이기도 했다. 여성 과학자의 존재가 미미하던 시절이었으나 마담 퀴리는 마흔다섯의 나이로 노벨 화학상을 수상하고, 파리 중심부에 라듐 연구소를 세우기도 한다. 하지만 안타깝게도 오랜 세월 라듐 실험을 하느라 방사능(방사선)에 감염되어 예순일곱 살에 세상을 떠난다. 그리고 마침내 1995년 남편 피에르 퀴리와 함께 '여성 최초'로 역대 위인들이 안장되어 있는 파리 팡테옹 신전으로 이장되었다.

나는 마리 퀴리의 모든 것을 닮으려 했다. 열정과 집념, 조금도 흐트러지지 않는 엄숙한 태도, 가난에도 흔들리지 않는 품격, 천박함이란 단어와는 거리가 먼 인격, 고독한 연구실에서의 시간들

• Pierre Curie, 1859–1906

마저 숭배해 마지않았다. 방사능에 감염되어 세상을 떠난 그녀처럼 나의 생 또한 그렇게, 고독하지만 찬란하게 마칠 수 있기를 소망했다. 하지만 운명은 나를 다른 길로 이끌었다. 내 책 '작가 소개'에는 이런 문구가 자주 나온다.

노경실 선생님에게는 네 명의 동생이 있습니다. 선생님은 어렸을 적부터 동생들을 위해 재미있는 이야기를 많이 들려주었습니다. 그래서 동화 작가가 되었는지도 모릅니다.

사실은 이렇게 써 넣어야 한다.

노경실 선생님에게는 네 명의 동생이 있습니다. 가장 어린 여동생은 여덟 살 때 급성 폐렴을 앓다 먼저 하늘나라로 갔어요. 이제는 세 명의 동생만 있지요. 선생님은 지금도 막내 여동생을 생각하며 글을 씁니다. 막냇동생은 여전히 선생님의 마음속에 늘 여덟 살 어린아이로 남아 있답니다.

고등학교 일 학년 봄방학이었다. 급성 폐렴을 앓았는데, 곧 있으면 초등학교 이 학년이 될 여동생도 같은 신세였다. 왜 하필 그때 아버지의 사업은 쫄딱 망했는지! 여동생과 나는 병원 문턱을 넘어 보지도 못하고, 나란히 누운 채로 연신 기침을 해댔다. 시체처럼 마른 몸으로 가쁜 숨을 내쉬며 앞서거니 뒤서거니 머리맡 깡통에 각혈을 쏟아내는 중이었다. 자식을 한꺼번에 둘이나 잃을지 모른다는 불안으로 부모님은 눈물과 탄식으로 밤을 새우셨고, 남은 동생들은 죽을죄를 지은 죄인처럼 작은 발소리조차 내지 않았다.

지금도 선명하게 기억난다. 2월 22일, 오후 네 시를 넘긴 때였다. 부모님은 일하러 나가시고 다른 동생들이 놀러 나간 집은 유독 적막했다. 그날따라 사정없이 창문을 때리는 바람소리가 요란했다. 마치 날카로운 송곳으로 폐를 찌르는 악마의 웃음소리 같았다. 그 순간 힘겹게 숨을 쉬던 여동생이 갑작스레 한쪽 팔을 들더니 힘없이 내저으며 말했다.

– 큰언니, 약, 약 좀 줘…….

웬일로 자청해서 약을 달라고 하다니! 약이 쓰다며 몸부림을 치는 바람에 동생에게 약을 먹일 때마다 엄마가 눈물 바람을 뿌렸는데. 나는 얼른 약봉지를 펼쳤다. 한 번 먹을 분량의 대여섯 개 남짓한 알약과 가루약, 캡슐약이 뒤섞여 있었다. 주황, 노랑, 하양, 파랑, 분홍, 알록달록 예쁜 약들이 눈에 들어왔다. 나는 그중 주황색 알약을 하나 집어 동생의 입에 넣어 주고 물을 먹였다.

– 큰언니, 큰언니…….

동생이 나를 부르는 소리가 애절했다. 그리고 점점 작아졌다.

– 경민아, 왜?

– 큰언니…….

– 경민아, 경민아, 경민아!

동생과 나눈 마지막 대화였다. 마지막 순간에 약을 찾았던 이유가 자신의 생명이 다하는 것을 알았기 때문이었을까. 지금 생각해 보면 그 어린아이가 살고 싶어서 약을 달라고 한 것이었나 싶다. 이후 나의 꿈은 마담 퀴리에서 도스토옙스키로, 도스토옙스키에서 어린이와 청소년 책을 쓰는 작가로 변해 왔다.

작가로 살고 있는 요즘, 걱정거리가 하나 늘었다. 내가 쓴 동화와 청소년 소설을 정작 내가 사랑하는 어린 영혼은 읽지 못한다는 것이다. 경제적인 이유로 부모가 맞벌이를 해야 하는 집의 아이들. 엄마, 아빠의 부재로 텅 빈 집은 냉장고도 그만큼 비어 있다. 아이들은 항상 배를 주린다. 형편상 학원도 갈 수 없어 친구들과 놀지도 못한다. 비슷한 처지의 친구 한두 명과 놀거나 TV를 보며 시간을 때운다. 그런 얘기를 들을 때마다 나는 마음이 아프다 못해 쓰리다. '가난은 아름답지 않다. 가난은 처참한 형벌이다.'라는 말이 떠오른다. 있는 집 아이들은 영어를 잘하기 위해 혀 수술을 받는다는데, 사립 유치원 교육비가 일 년에 몇 천만 원이 넘어도 입학하기는 하늘에 별 따기라는데, 가난한 집 아이들은 몸이 아파도 데려갈 사람이 없어 병원 문턱을 넘기조차 어렵다. 도서관은 누구나 무료로 이용할 수 있지만 보호자가 없어 이용하기도 쉽지가 않다. 갯벌이 다 망가지고 생태 환경이 엉망진창될 정도로 열심히 체험 학습을 다니는 아이들이 있는 반면, 뙤약볕 아래에서 부모가 귀가할 때까지 그늘진 얼굴로 기다리는 아이들이 있다. 이 아이들은 온갖 위험에 그대로 노출된 채 하루하루를 넘겨야 한다.

어린이를 위해 글을 쓰는 작가로서 무엇을 해야 하는가. 한밤중 어둠 속을 걷는 기분이다. 그래도 꿋꿋하게 걸어가야 한다면, 흔들리지 않고 글을 써야 한다면, 마담 퀴리처럼 좌절하지 않고 살아가야 한다면 오늘 하루부터 살아내야 한다. 또, 삶에 감사하고 어린 영혼을 잊지 않기 위해 내일 하루도 살아내야겠지. 이것은 작가로서 내가 지켜야 할 처음이자 마지막 소명이다.

습관

혼자 산 지 참으로 오랜 시간이 지났음에도 여전히 익숙해지지 않는 것이 있다. 외출했다 돌아오면 어김없이 대면해야 하는 침묵. 그런 집 안으로 들어갈 때 나는 유독 힘들다. 특히 추운 겨울날이나 늦은 밤에는 훨씬 더하다. 문을 열 때마다 나는 어린아이처럼 스스로 외로움이란 이름의 칙칙한 담요를 걸친다. 손을 씻고 커피를 마신 후 멍한 얼굴로 책상 앞에 앉아 TV를 켜는데, 여기까지 거의 한 시간이 걸린다. 심할 때는 두 시간이 걸리기도 한다. 외출해서 돌아올 때마다 겪는 일종의 통과의례인데, 이런 이유로 나는 최대한 귀가를 서두른다. 나를 지키기 위한 최소한의 방편인 셈이다. 햇살이 눈부신 낮 시간에는 사방이 환한 만큼 무거워진 마음으로 돌아오고, 별빛이 한층 또렷해지는 밤 시간에는 사방이 어두운 만큼 공허해진 마음으로 돌아온다. 나는 서서히 지쳐 갔다. 그리고 더는 이런 후유증에 시달리기 싫었다.

나는 좋은 습관을 만들기로 결심했다. 우선 멍하니 바라보기만 하던 TV를 보지 않기로 했는데, 의외로 쉬웠다. TV와 연결된 모든 코드를 뽑는 데 단 오 초가 걸렸다. 요즘 우리 집 TV 화면은 내가 날마다 쓰고 외우는 온갖 글이 적힌 메모지들로 꽉 차 있다. 단 오 초의 결단은 혼란스러웠던 내 머릿속을 보다 맑게 만들었고, 커피를 마시면서 책을 읽을 수 있는 여유를 선사했으며, 영혼의 보약처럼 좋은 글들을 쓰고 외우는 습관을 길러 주었다.

나는 내친김에 또 하나의 습관에 도전했다. 습관이 몸에 완전히 배는 데에는 삼 개월이 걸렸다. 그것은 남동생 부부와 함께 사는 엄마에게 하루 두 번씩 전화하고, 토요일마다 엄마와 데이트를 하는 것이었다. 매일 아침 아홉 시에서 열 시 사이, 저녁 여섯 시 전후에 전화하기. 비가 오나 눈이 오나, 너무 덥거나 춥지 않은 이상 토요일마다 엄마와 식사 한 끼 하기. 엄마는 맞벌이를 하는 남동생 부부를 위해 네 살배기 손녀를 봐주고 계신다. 벌써 햇수로 삼 년째인데 몸무게가 이전보다 칠 킬로나 빠졌다고 한다. 좀 더 여유로운 고부관계를 위해서라도 엄마가 일주일에 한 번 정도는 바깥 외출을 하는 게 좋을 것 같았다.

처음에는 나도 힘들었다. 만날 아침저녁으로 통화하는데 무슨 할 이야기가 그리 많겠으며, 얼마나 재미난 이야깃거리가 있겠는가. 그렇다고 지겹다고 느낀 적은 단 한 번도 없었다. 간혹 매주 토요일마다 외출하는 일이 부담스러울 때가 있기는 해도 나의 작은 헌신(?)이 엄마에게는 큰 기쁨이 된다고 생각하니 더는 부담스럽지 않았다. 덕분에 귀갓길이 전보다 많이 밝아졌다.

그리고 어느 틈에 나는, 가장 성공하기 어려운 습관을 목표로 하게 되었다. 이전에 비하면 꽤 만만찮은 시간이 걸렸는데, 올빼미에 가까운 수면 습관을 완전히 뒤바꾸는 것이었다. 이미 십 대 때부터 밤낮을 거꾸로 생활했고, 급기야 본격적인 작가의 길에 들어서 불량한 (늦게 자면서도 그 시간이 불규칙한) 올빼미의 전형으로 살았던 나는, 밤을 새우는 것은 물론이고 취침 시간은 늘 새벽 서너 시였다. 하루가 늘 무거울 수밖에 없었다. 잦은 강연과 넘치는 일로 건강 상태가 양호하지 못한 것도 문제였지만, 무엇보다 지친 마음을 기댈 곳이 없었다. 혼자 살면서 우울증까지 생겨 힘든 고비를 여러 번 넘겼다. 술을 못 마시는 대신 밤새도록 커피에 녹아내리고, 온갖 음악에 물러지고, 자살 유혹에만 수십 번 빠졌다. 좀처럼 털어놓지 못하는 성격 탓에 말도 못 하고, 상담은 엄두조차 못 냈다. 그저 혼자 울고, 또 울고, 울면서 글을 쓰는 것 말고는 할 수 있는 게 없었다.

그러던 어느 초가을날 새벽에 집을 나섰다. 산책을 하다가 어느 교회 앞을 지나는데, 안으로 들어가는 행렬이 끊이지 않았다. 나도 모르게 사람들을 따라서 들어갔다. 그리고 도둑고양이처럼 사람들을 피해 구석 자리에 조용히 앉았다. 새벽기도 시간의 짧은 설교 내용은 하나도 기억나지 않는다. 예배가 끝나고 전등이 하나둘 꺼지면서 이백여 명의 사람들이 한꺼번에 자리에서 일어났다. 희끄무레한 아침 햇살이 창문을 넘고 있었다. 시곗바늘이 여섯 시를 가리키려면 좀 더 시간이 필요했다. 여전히 어두운 예배당 안에는 서른 명 남짓한 사람들이 남아 엎드린 채로 기도를 올리고 있었다. 대부분은 평범한 아주머니와 할머니였는데, 약속이나 한 듯 모두 울면서 기도했다. 병든 자식을 고쳐 달라고, 극심한 경제적 압박에서 벗어나게 해달라고, 억울한 일을 당했으니 보살펴 달라고. 어둠에 잠긴 사람들의 뒷모습은 고단하고 지쳐 보였다. 일하러 가는지 외출복 차림이 더 많았다. 사람들은 소리 내어 울면서 하소연하고 매달렸다. 나를 도울 분은 당신밖에 없으니 불쌍히 여겨 달라고.

나는 이날, 내가 작가라는 신분으로 살면서 얼마나 삶을 허비하고 있는지 절감했다. 그리고 집으로 돌아오며 굳게 다짐했다. 앞으로 몇 시에 자든 무조건 새벽 네 시에는 일어나겠다고, 말 그대로 새벽을 깨우고야 말겠다고. 나는 곧장 실행에 옮겼다. 알람 시계를 세 개나 샀으며, 스마트폰에 새벽 세 시부터 네 시까지 십 분 간격으로 알람을 설정해 놓았다.

알람시계와의 전쟁은 날마다 나의 패배였다. 매번 새벽을 깨우기는커녕 새벽을 욕되게 하는 꼴이 되었지만 포기할 수는 없었다. 한번 시작한 일이니 끝을 봐야 했다. 그리고 조금씩 몸과 마음이 변해 가는 것을 느꼈다. 그렇게 삼 년이란 시간이 흘렀고, 마침내 나는 기나긴 전쟁에서 승리자가 되었다. 전쟁에서 패한 알람시계는 모두 유배를 보냈다. 알람시계가 필요한 지인들에게 기분 좋게 나누어 준 것이다. 또한 스마트폰에 알람을 설정해 놓을 필요가 없었다. 내 몸이 시계요, 알람 장치가 된 것이다.

오 초, 삼 개월, 그리고 삼 년의 전쟁. 만약 이러한 과정을 거치지 않았다면 나는 지금쯤 지독한 우울증으로 어두운 골방에 틀어박혀 울고 있었을지도 모른다. 스스로의 힘으로 변화하고 거기서 열리는 열매를 맛보는 것만큼 행복한 게 또 있을까.

엄마의 침묵

엄마는 스물셋에 첫딸인 나를 낳았다. 그리고 이삼 년 터울로 네 아이를 낳았다. 엄마보다 열세 살 많은 아버지가 일찍 돌아가시는 바람에 엄마는 온몸이 부서져라 일해 다섯 아이를 키웠다. 많이 배우지 못한 엄마는 목소리가 작고 말이 없었다. 낡은 옷을 입을지언정 옷매무새는 항상 단정하고 정갈했으며, 자식 학비 말고는 누구에게도 아쉬운 소리를 한 적이 없다.

그런 엄마의 큰딸인 나는 작가의 길을 택했다. 첫 소설을 쓰는 동안 꽤나 예민했고, 세상에 작가 인생 말고 다른 인생은 아예 없는 것처럼 살았다. 하지만 엄마하고의 갈등은 거의 없었다. 어린 동생들을 함께 키우다시피 해서 단련이 된 것일까? 아무튼 나 나름대로는 큰딸로서 엄마를 잘 모시고 있다고 생각했다.

그러나 그것은 나 혼자만의 엄청난 착각이었다. 엄마에게 나는 폭군이자, 두 눈에 들보가 들어 있는 심판자였다. 내 열 손가락과 혀에는 가시가 박혀 있었다. 나는 그것을 나이 쉰이 넘어서야 깨달았다. 그동안 나는 옳고 그름을 내세우며 엄마를 판단해 왔다. 효율적인 일처리를 바라며 엄마를 나무라기도 했으며, 가성비를 따지느라 엄마를 몰아붙인 적도 있었다. 때로는 예의와 교양 운운하며 엄마를 가르치기도 했다. 그 차갑고 날 선 기억을 하나씩 끄집어내자면 밤을 새워도 모자랄 판이지만, 그중 하나만 떠올리자면 이런 일이 있었다.

당시 여동생의 둘째 아이를 돌봐주던 엄마는 연남동에서 인천까지 출퇴근을 하셨다. 버스를 두 번이나 갈아타야 하는 먼 길이었다. 하루는 내가 동행하게 되었는데 엄마가 버스 안에서 조용히 말씀하셨다.

– 요즘 현호를 안으면 덜컥 겁이 나. 오른팔이 자주 결리는데 잘못하다 떨어뜨리기라도 할까 봐.

– 엄마, 왜 그렇게 부정적이에요. 나까지 불안하잖아요.

나는 괜히 짜증을 내며 엄마를 나무라듯 말했다. 엄마는 아무 말씀도 하지 않고 우두커니 창밖만 바라보았다. 그리고 몇 년 전,

나는 버스 안에서 우연히 두 아주머니의 대화를 듣다가 남 몰래 눈물을 쏟고 말았다.

– 글쎄 내 나이에 뒤늦게 오십견인지 뭔지가 생겨서 요즘 아주 죽겠어. 팔을 제대로 들 수가 없는 거야.

– 그래? 조심해야 해. 나 아는 사람이 팔 때문에 수술까지 했대.

– 어휴, 병원 갈 시간이 있어야지. 며느리네 애 봐야지, 딸네 애 봐야지. 아니 나는 어떡하라고 둘이서 같은 달에 애를 낳아서 숨도 못 쉬게 하는지.

– 아니, 며느리 친정 엄마는?

– 시골에 사는데 작년에 사돈 양반이 교통사고로 돌아가시고 나서 충격으로 잘 걷지도 못하시는데 뭘…….

십육 년 전 엄마는 저 두 아주머니와 비슷한 연세였다. 아, 그때 나는 왜 단 한 번도 엄마에게 묻지 않았을까? 얼마나 아픈지, 언제부터 그랬는지. 병원에 같이 가자는 말도, 혼자 아파하지 말라는 위로도 왜 하지 못했을까. 눈물이 멈추지 않았다. 어느 틈에 엄마는 느릿느릿 걷는 할머니가 되었는데 왜 나만 몰랐을까. 무심한 나는 십 년도 훨씬 지난 지금에야 깨달았다. 우리 모녀의 오랜 평화는 철저히 엄마 덕분이었다는 것을.

엄마의 침묵. 엄마는 기다린 것이다. 자식들이 찬찬히 당신의 마음을 알아줄 날을. 자식들과 부딪힐 때마다 엄마가 목소리를 높였거나 실망감에 화를 냈다면, 이기적인 우리는 자신의 상처만 생각하고 엄마와 점점 멀어졌을 것이다.

그날 이후, 한 가지 습관이 생겼다. 지금 내 나이 때 엄마는 어떤 모습이었을까 생각하는 습관. 내가 마흔일 때, 엄마의 마흔은 어땠을까? 젊고 결혼 전이었던 내가 거침없이 삶을 누리고 있을 때, 가난한 집안의 가장이었던 엄마는 넷이나 되는 자식들을 먹이고 입히고 가르쳤다. 울기도 많이 울었고 지친 나머지 늑막염을 앓은 적도 있었다.

내 나이 쉰에 이르자 나는 쉰 살의 엄마가 어땠는지 문득 궁금해졌다. 하지만 이내 부끄러움을 느꼈다. 나는 도저히 엄마를 넘어설 수 없다. 쉰 살의 나는 혼자 사는 것도 버거워하며 하루 종일 음반을 고르거나, 호수공원을 하염없이 돌거나, 그림 전시장을 순례하며 시간을 보냈는데. 힘든 시간을 홀로 버텨야 하는 외로움은 물론이고 곤궁을 면치 못하는 생활고에 시달려야 했던 엄마는 어떻게 이겨 냈을까? 흔한 유행가조차 들을 짬이 없었던 엄마, 전시장은커녕 극장 구경 한 번 제대로 못 해본 우리 엄마에게, 산책이란 귀족 부인들이나 하는 놀이였을지도 모른다. 철없던 시절 사춘기를 핑계로, 글 쓴다는 명목으로 뭣 좀 안다고 위세를 부리며 엄마를 서럽게 했던 일들이 지금 생각하면 너무 부끄럽다. 내 나이 때 엄마는 무얼 했었지? 답은 늘 하나다. 엄마는 늘 일을 했다. 서서 일하고, 앉아서 일하고, 울면서 일하고, 아파도 일하고, 늦은 밤, 새벽까지 엄마는 늘 일을 해야만 했다.

지금은 결혼한 남동생 부부와 함께 사는 엄마. 나는 속죄하는 마음으로 아침저녁으로 전화를 한다. 늘 똑같은 말로 응대해 주는 엄마가 고마워서 나는 항상 밝게 목소리를 높인다. 그리고 토요일마다 엄마를 만난다. 엄청난 폭우나 맹추위, 고열로 움직일 수 없는 상태가 아닌 이상 나는 모든 일정을 마다하고 엄마를 만난다. 그동안 엄마가 품어 주고, 재워 주고, 내 힘으로 독립할 때까지 보살펴 준 시간들을 생각하면 매주 몇 시간은 너무 짧다. 다 모아 봐야 내가 엄마 배 속에 있던 열 달도 못 채운다.

이제 여든다섯이 된 엄마. 나는 거꾸로 셈을 한다. 내가 여든다섯일 때는 어떤 모습일까? 엄마처럼 평온하게 한낮을 보낼 수 있을까? 엄마처럼 너그러운 심장을 가질 수 있을까? 그때가 되면 엄마처럼 모든 사람에게 축복의 인사를 할 수 있을까?

뜻밖의 손님

며칠 전 늦은 저녁이었다. 아파트 현관에 들어서는데 경비실 문 옆으로 다람쥐 집처럼 생긴 철망 우리가 보였다. 그 안에는 귀여운 연갈색의 집토끼 한 마리가 얌전히 앉아 있었다. 귀여운 것들을 보면 지나치지 못하는 평소 버릇대로 나는 우리 앞에 바짝 다가앉았다.

– 토끼야! 너 어디서 왔니? 어디 갈 데는 있는 거니?

경비원 아저씨가 문을 열고 나왔다 .

– 이 토끼, 키우실래요?

속으로 이게 웬 횡재인가 싶었다. 사연인즉 어떤 집에서 계속 키우기 힘들다고 경비실에 맡긴 토끼였다. 나는 앞뒤 따져 보지도 않고, 행여나 아저씨가 마음을 바꿀까 봐 얼른 "네!" 했다 .

토끼집은 생각보다 꽤 무거웠다. 집 안에 들어왔는데도 토끼는 꿈쩍도 하지 않았다. 서둘러 옷을 갈아입고, 샤워를 하고, 우편물을 살펴보고, 전화를 받고, 책을 읽고, 음악을 듣고, 글을 쓰고, 커피를 마시며 내가 온갖 부산을 떨어도 토끼는 마치 면벽 도사처럼 앞만 응시했다. 깊고 깊은 명상에 잠긴 듯 평온해 보였다. 아주 가끔 뭔가 깨달음을 얻었는지 두서너 번씩 한쪽 끝에서 한쪽 끝을 오갔다. 나는 토끼에게 면벽이라는 이름을 지어 주었다 .

시곗바늘이 새벽 세 시를 넘어가는데 면벽이는 잠을 자지 않았다. 나와 내기라도 하는 양 눈만 껌뻑껌뻑했다. 그런 면벽이를 보고 있으려니 안쓰러운 생각이 들었다. 제 가족과는 함께 있지 못할망정 비슷한 동물끼리 지내는 게 정서상 좋을 것 같았다. 나는 결단을 내리고 다음 날 파출소로 갔다. 파출소 앞마당에 작은 우리가 있었는데 경찰관들이 직접 토끼와 닭을 키우고 있었다. 경찰 한 분이 면벽이를 우리 한쪽에 내려놓았다. 나는 왜 바로 합사를 하지 않느냐고 물었다.

– 저놈들이 새로 온 토끼를 물어 죽일지 몰라요. 텃세가 심하거든요.

나는 그 말에 마음이 또 헝클어지고 말았다. 이제껏 내가 알던

토끼는 착하고, 순하고, 귀엽고, 꾀 많은 동물이었다. 단 한 번도 그 귀여운 토끼가 사마귀처럼 잔인하거나 포악할 것이라고는 생각하지 않았다. 텃세를 부리고 따돌리는 것은 인간이나 동물이나 다를 게 없다고 생각하니 우울한 기분까지 들었다.

– 며칠 지나고 꺼내 놓으면 그때는 잘 지낼 거예요. 제 식구처럼요.

그 말을 듣는 순간, 토끼가 사람보다 낫구나 싶어 마음이 도로 가벼워졌다. 대신 인간으로서 부끄러운 생각이 들었다. 제 마음 가는 데로만 '토끼는' 이들도 아주 약간은 그런 생각이 들까?

외출

목이 마른 것도 아닌데, 악몽을 꾼 것도 아닌데 갑자기 눈꺼풀이 말려 올라간 듯 잠에서 깰 때가 있다. 새벽어둠 속에서 눈을 뜨게 되면 보통은 애써 잠을 청하거나 이른 모닝커피를 마시며 아침을 앞당길지 모른다. 어쩌면 오랜만에 책장을 넘기거나 편한 운동복 차림으로 새벽 외출을 시도할 수도 있다.

갑작스럽게 잠에서 깬 어느 새벽, 나는 목적 없는 외출을 감행했다. 최대한 가볍게 입고 스마트폰도 놔두고, 생수 한 병 사 마실 돈조차 없이 밖으로 나갔다. 잠시 후 아파트 엘리베이터에 오르는데 속이 메스꺼웠다. 누군가 안에서 담배를 피운 모양이었다. 어정쩡한 자세로 서서 코와 입을 막았다. 아주 잠깐 짜증이 났다. 남들 다 자는 이 새벽에, 그것도 이런 좁아터진 곳에서 담배를 피울 이유가 뭘까? 하지만 엘리베이터가 움직이자 곧 마음이 바뀌었다. 역한 담배 냄새에 눈물, 한숨, 욕설이나 원망 따위가 섞여 있는 것만 같아 냄새의 임자가 측은해졌다.

엘리베이터가 멈추고 문이 열렸다. 나는 있는 힘껏 신선한 바깥 공기를 들이마셨다. 내가 사는 아파트에서 호수공원까지 가려면 길을 다섯 번은 건너야 했다. 첫 번째 건널목에 섰을 때였다. 휘익. 부부로 보이는 중년의 남녀가 빠르게 내 옆을 스쳐 지나쳤다. 호수공원으로 가는 모양이었다. 그다음부터 건널목을 하나씩 건널 때마다 사람 수가 늘어났다. 걸어가는 사람도 있지만 달리기를 하는 사람도 제법 있었다. 그런데 혼자이든 둘이든 달리는 사람들은 앞만 보고 달렸다. 다시는 돌아오지 않을 사람들 같았다. 새벽에 집을 나서면서 무슨 일이 있었는지, 어떤 비밀 임무를 부여받았는지, 하나같이 비장하고 엄숙한 표정이었다. 달리고, 달리고, 다시는 돌아오지 않을 것처럼 앞만 보고 달리는 사람들.

목적 없이 집을 나선 나는 평안을 만끽했다. 이 얼마나 오랜만의 평안인가. 단 하루도 목적 없이 살 수 있는 사람들이 얼마나 있을까? 우리는 지금 이 순간에도 강박관념에 짓눌려 있다. 새벽 산책조차도 운동이란 목적으로 포장되어야 보람차게 하루를 연다고 믿는 사람들. 어슬렁어슬렁 걸으면서 이름 없는 들꽃을 궁금해하고, 지나가는 개에게 말 한마디 붙일 여유는 없는 걸까? 발끝에 걸린 돌멩이 하나를 주워 '너처럼 작은 녀석이 참 대단하다'고 감탄하는 게 그렇게 어려운가? 매일 바쁘지 않은 아침을 맞는다고 손해를 보거나, 무엇을 잃어버리거나, 머리가 멍청해지는 것은 아닐 텐데.

그 사람

아, 공허하도다. 자연과 창조주에게 그토록 열렬히 기도하며 던진 질문들이 모두 헛되었구나. 아무것도 듣지 못했구나. 내 귀를 위로해 줄 아무런 말도 듣지 못했다. 나는 슬픔과 외로움 속에서 수척해져만 가는구나. 이 세상에 나를 묶어 두는 그 족쇄를 깨뜨릴 용기조차 없다니! 나는 아무것도 보지 못했다. 아무것도 알아내지 못했다!

괴테의 《파우스트》를 바탕으로 만든 샤를 구노•의 오페라 〈파

• Charles Gounod, 1818–1893

우스트〉에서 백발의 노인 파우스트(내가 좋아하는 테너, 로베르토 알라냐)는 책을 덮고 허공을 올려다보면서 이렇게 울부짖는다. 그 모습이 마치 하늘을 올려다보며 "만물의 피곤함을 사람이 말로 다 할 수 없나니 눈은 보아도 족함이 없고 귀는 들어도 차지 아니하는도다."(전도서 1:8)라고 고백하는 솔로몬의 모습을 떠올리게 한다.

내 나이 갓 스물, 절망마저 무가치하고 덧없음에 몸부림치는 파우스트 앞에 인간의 영혼을 사냥하는 메피스토펠레스가 나타났듯 한 남자가 나타났다. 세상과 삶에 대한 온갖 의문을 품고 신과 독대하는 심정으로 질문을 던지며 괴로워하던 때였다. 남자는 빛을 증오하는 악마나 파괴자가 아닌 '선한 사람'이었으며, 영혼과 마음을 담보로 행복과 쾌락을 주는 악마와는 거리가 먼 '멋진 남자'였다.

남산의 국립도서관과 시립도서관, 처음으로 바그너의 음악을 들었던 독일 문화원, 원숭이들의 고함 소리로 시끄러웠던 작은 동물원과 식물원, 해방촌의 회색빛 지붕들, 지금 들어도 이상한 이름인 '남산 삭도索道' 케이블카, 내가 다녔던 숭의여자중학교, 노란 옷의 아이들이 뛰어놀던 리라초등학교, 짓궂은 장난질로 지나가는 여학생을 가만 두지 않던 남학생들로 붐비던 남산공업고등학교 운동장까지 그때의 기억이 손에 잡힐 듯 생생하다. 길 건너

명동의 돌체 음악 감상실, 충무로의 진미당 빵집에서만 먹을 수 있는 반들반들 윤이 나는 단팥빵은 이제 아련한 추억으로 남았다. 달큰하고 고소한 불고기 냄새가 침샘을 자극했던 진고개 식당이나 〈파리는 안개에 젖어〉•와 〈사막의 라이온〉••을 봤던 대한극장은 우리가 자주 가던 데이트 코스이자 지역 명소였다. 우리는 종종 프랑스 문화원에 들러 예술과 문화에 대한 갈증을 식혔고, 어쩌다 종로서적에서 만나 책을 탐한 날이면 우리의 대화는 끝을 모르고 이어졌다. 도스토옙스키가 '회의의 터널 끝에서 만났다는 구원자, 예수'와 불변의 사랑에 대해 이야기하는 순간 우리 두 사람의 눈빛은 밤하늘의 별보다 풍성하게 빛났으며, 밤바람보다 애잔했다.

오 남매의 맏이로 태어난 나는 집안에서 늘 씩씩한 모습이었다. 아니 그래야만 했다. 잔 다르크처럼 용감무쌍했으며 절대 울거나 약한 모습을 보이지 않았다. 덕분에 모든 면에서 불균형인 사람이었다. '선한 사람'이면서 '멋진 남자'였던 그 사람은 그런 나를 지탱해 주고 바로잡아 주었다. 있는 그대로의 내 모습을 '찬양'해주는 안식처인 동시에 내 어깨를 으쓱하게 만드는 황금 견장이었다. 마치, 모순투성이이자 불균형의 극치를 달리던 미완의

• La Maison Sous Les Arbres, The House Under The Trees, 1971

•• Lion Of The Desert, 1981

존재를 아끼고 사랑하라는 소명을 안고 태어난 사람 같았다. 그리고 마침내 우리 둘은 결혼結婚과 결혼結魂을 통해 몸과 마음과 영혼의 하나됨을 서로에게 약속했다.

그러나 지금 그 사람은 내 옆에 없다. 지상의 어느 가난하고 지저분한 골목길을 누비며, 약하고 병든 자들을 찾아가 그들의 맨마음과 맨발을 보듬으며, 사랑과 눈물과 소망을 전하고 있다. 단지 내 옆에 없을 뿐이다. 그리고 그때 이후로 나의 모든 것은 멈추어 있다. 마치 고장 난 시계처럼!

'살았다 하나 죽은 자'는 이제 내 삶의 표제어가 되고 말았지만, 그 사람과 함께한 시간마저 없었다면 내 삶은 더욱 고통스러웠을 것이다. 그와 함께한 스무 해가 없었더라면, 나는 볼품없고, 졸렬하며, 구차하기 그지없는 불균형의 존재로 여생을 억지로 살아야 했을지도 모른다.

지금 비록 '선하고 멋진' 남자는 내 옆에 없지만 나는 파우스트처럼 울부짖지 않을 것이다. 가끔은 지난 추억 속의 남산이 그립겠지만, 나는 그럴 때마다 지금처럼 부끄럽지 않은 얼굴로 살게 해준 그 사람을 생각하며 오늘처럼 더욱 힘써 글을 쓸 것이다.

어른이기 때문에

또 가위에 눌렸다. 이런 날은 시체처럼 누워만 있어야 한다. 알 수 없는 기운이 여전히 온몸을 짓누르는 기분. 나처럼 혼자 사는 사람이라면 가위에 눌릴 때보다 깨어난 지금이 더 끔찍하다는 사실을 잘 알 것이다.

가위에 눌리면 처음 보는 여자가 이불 속에서 나를 보며 기분 나쁜 웃음을 짓는다. 침대 발치에서 시커먼 무언가가 내려다보는 느낌은 공포 그 자체다. 형체는 없으나 방 안을 휘감은 묵직한 기운까지 더해져 숨이 막혀 온다. 이상하다. 꿈을 꾼 것도 아닌데, 상상한 적도 없는데 이런 장면이 자꾸 떠오른다. 나는 불규칙적으로 가위에 눌린다. 지독한 고통의 시간이다. 심하면 일주일에 한 번, 몇 달에 한 번 꼴로 시달린다. 관련 자료를 싹 뒤져 보았지만 아직까지 그 원인을 명쾌하게 알려 주는 책은 없었다.

가위에 눌릴 때의 느낌은 아주 생생하다. 그림으로 그릴 수 있을 정도다. 이불을 걷어내고 일어나기 위해 몸부림을 치는데 손가락, 발가락 하나 꿈쩍할 수가 없다. 있는 힘을 다해 소리치지만 굳게 닫힌 입술은 접착제로 붙인 것처럼 떨어지지 않는다. 이대로 죽는 것은 아닐까? 숨이 멎을 것 같지만 포기하지 않고 열 번, 백 번, 수백 번 노력한 끝에 붙었던 입술이 떨어진다. 순간 어둠의 세력에게 일격을 가하듯 엄청난 목소리가 터져 나온다. 이불 속에서 겨우 손가락 몇 개와 다리가 꿈틀거리는 순간 사악한 저주에서 풀려난 느낌이 든다. 이불 밖은 추웠다. 누운 채로 천천히 방안을 둘러본다. 어느새 검고 두터운 장막이 말끔히 사라졌다. 식은땀으로 축축해진 몸은 싫지만, 기분은 썩 나쁘지 않았다. 공포 영화의 한 장면 같은 괴기스러움과 오싹함을 내 힘으로 물리치다니 한편으로는 살짝 대견하게 느껴졌다.

가위 눌림은 인공지능과 로봇으로 대표되는 최첨단 의학도 어쩌지 못하는 불가사의한 현상이다. 단순히 악몽이라고 할 수도 없고, 환청도 아니며 정신분열 증상으로 볼 수도 없다. 나 같은 사람에게 필요한 것은 과학적 지식이나 의학적 연구 결과가 아니라 스스로 깨어나는 것이다. 이성을 깨우고 현실을 자각하는 것이야말로 가장 강력한 해결책이다.

살다 보면 가위에 눌린 것도 아닌데 암울한 시간을 보낼 때가 있다. 겉으로는 아무 일 없는 듯 일상의 삶을 지속하지만 깨어나지 못한 채 시간을 흘려보낸다. 그런 사람들은 우리 주변 어디에나 있다. 한두마디 나눠 보면 금방 느낌이 온다. 그들의 시간은 멈춰 있다. 도저히 이길 수 없는 경쟁의 출발선에 섰을 때, 예기치 못한 슬픔에 빠졌을 때, 회복하기 힘들 만큼 자존감을 다쳤을 때, 가슴 한구석이 뻥 뚫린 듯한 이별을 했을 때 잘 가던 시계가 갑자기 뚝 멈춘 것처럼 그들의 마음은 전혀 반응하지 않는다. 깊은 잠의 우물 밑바닥에 떨어진 마음에는 수북하게 이끼가 자라고 벌레들이 기어 다닌다. 얼어붙은 눈의 여왕처럼 따사로운 가을 햇살에도, 싱그러운 봄기운에도, 뜨거운 여름 햇볕에도 더더욱 차가워질 뿐이다.

겉만 봐서는 모른다. 가위에 눌리면 처절한 공포와 막막함 속에서 사투를 벌이지만 겉으로는 평온히 잠을 자고 있다. 결국 스스로의 힘으로 깨어나지 않으면 빠져나올 수 없는 것이다. 마찬가지로 살다 보면 스스로의 힘으로 결단을 내려야 하는 순간이 온다. 운동을 할 것인가, 좀 더 잘 것인가? 슬픔에 빠져 시간을 흘려보낼 것인가, 훌훌 털어내고 밖으로 나갈 것인가? 스마트폰의 노예가 될 것인가, 날마다 한 장이라도 책장을 넘길 것인가? 화날 때마다 소리를 지를 것인가, 허허 하며 너그럽게 웃어넘길 것인가? 노닥노닥, 다시 오지 않을 시간을 태워 버릴 것인가, 미래를 위해 일분일초 공부할 것인가? 이 모든 질문을 스스로 하고, 스스로 답해야 한다. 어른이기 때문에.

선물

어느 봄날이었다. 은평구의 한 도서관에서 저녁 강연을 하는 날이었다. 강연을 끝내고 가방을 챙기는데 웬 젊은 남자 둘이 강연장 안으로 성큼성큼 들어왔다. 내 쪽을 향한 얼굴에 반가운 기색이 역력했다.

– 선생님! 노경실 선생님!

혹시 사람을 잘못 봤나 하고 기억을 더듬고 있는데 청년 하나가, 한눈에 봐도 거금을 들였을 법한 풍성한 꽃다발을 내밀었다.

강연장을 나온 우리는 도서관 앞 커피숍에 자리를 잡았다. 지금은 기억나지도 않는 까마득한 옛일을 추억하기 위해서였다. 두 사람의 기억에 의하면 십오 년 전, 인천의 가장 열악한 동네에서 만난 인연이었다. 지금도 그렇지만 당시에도 나는 아이들이 점점 책과 멀어지는 현실이 안타까워 독자와의 만남에 매우 적극적이었다.

> 책! 책만이 여러분의 삶을 바꾸고, 가치 있게 만들어 줍니다! 책을 읽으세요!

나는 이 말을 항시 입에 달고 살았다. 주위 사람들은 이런 나를 보며 '책 부흥회를 여는 책 전도사'라고 불렀다. 아무튼 이런저런 강연을 거절하지 않고 틈나는 대로 다니다 보니 셀 수 없이 많은 아이들을 만나게 되었다. 덕분에 길에서 마주친 낯선 아이들로부터 '안녕하세요? 저는 ○○ 학교 다닌 ○○인데, 선생님 강연 들었어요!' 같은 반가운 인사를 심심치 않게 받는다.

무너진 가정의 두 소년은 중학교도 제대로 졸업하지 못하고 야학과 공장, 뒷골목을 전전했다고 한다. 십오 년 전 그날, 그들은 야학에서 만난 대학생 선생님 손에 강제로(?) 끌려와 내 강연을 들으며 한참을 앉아 있었다. 좀처럼 강연에 재미를 붙이지 못해 짜증이 날 무렵 책을 통해 인생을 바꾼 사람들의 이야기를 듣게 되었고, 호시탐탐 도망갈 기회만 엿보던 소년들은 강연 속으로 점점 빠져들었다. 두 아이 모두 심장이 쿵 하고 내려앉을 만큼 특별한 경험이었다고 했다. 게다가 우연인지 그중 한 아이는 행운권에 당첨되어 내가 쓴 동화책을 선물로 받아 갔다. 두 아이는 그때부터 열심히 공부하고 책을 읽었다고 한다. 그리고 마침내 대학을 졸업하고, 군 복무까지 무사히 마친 후에 한 사람은 사회복지사로, 다른 한 사람은 자동차 부품 회사에서 일하는 직장인으로 살고 있었다.

나는 그날 만남에서 화사한 스카프와 책 한 권을 선물 받았다. 깜짝 놀랐다. 십오 년 전 세상에 나온, 나의 작은 동화책이었다. 첫 장을 넘기자 내가 쓴 메시지가 있었다.

> 책 속에서 꿈을 찾고, 책을 통해 꿈을 이루고, 책과 함께 나누어 주는 사람이 되기를!

어렴풋이 기억이 되살아났다. 두 아이 모두 온전한 가정환경에서 자란 아이들은 아니었다. 낡은 옷차림에 말투나 행동은 거칠었다. 그 때문에 아이들을 대하기가 조심스러웠다. 이전 기억에 나는 잠시 부끄러웠다. 나는 그때 이 아이들을 얼마나 진심 어린 마음으로 대했을까?

– 그때 만약 선생님을 만나지 못했다면 저희도 여느 비행 청소년과 다르지 않게 자랐을 거예요. 아마 지금쯤 감옥을 들락거리

면서 막살고 있었을지도 모르죠.

단 몇 권의 책이 이 아이들에게는 부자 아빠, 열혈 엄마, 인맥 넓은 조부모 못지않은 후원자이자 응원군이 된 셈이다. 빈부귀천 없이 도서관에 가기만 하면 누구나 읽을 수 있는 수많은 책들이 선사한 인생이다. 십오 년 전, 그 누구도 두 아이가 스스로 우뚝 설 것이라고 예상하지 못했을 것이다. 오랜 시간이 흘러 깜짝 선물처럼 나타난 두 청년을 보며 나는 밤하늘의 반짝반짝 빛나는 별들을 마주한 느낌이 들었다. 세상에 다시없을 뜻깊은 선물을 받은 기분이었다. 마음 깊이 스며든 행복감에 집으로 돌아가는 나의 밤길은 왕비의 행차 길 못지않았다.

별을 세다

한겨울 차디찬 밤, 눈을 뜨니 새벽 네 시였다. 커피 물을 올려놓고 오리털 점퍼를 챙겨 입었다. 나는 베란다에 서서 이 새벽에 우주의 감시자라도 된 양 하늘을 올려다보았다.

– 와!

나도 모르게 탄성이 흘러나왔다. 천체망원경 속 세상 같았다. 영하 십 도의 새벽하늘은 찬란했고, 별들은 살아 있었다. 오늘따라 유독 반짝거렸다. 뜨거운 아프리카 대륙의 별은 싸늘한 새벽에 더욱 빛난다는데, 건조한 몽골 사막 한가운데에서 올려다보는 새벽 별들은 황홀 그 자체겠지. 어디 그뿐인가. 남극과 북극에서 바라보는 별들은 또 오죽 아름다울까.

아주 오래전 여름날 밤이면 어린 동생들과 나란히 마루에 앉아 내기를 했었다. 별을 가장 많이 센 사람이 찐 옥수수 한 개를 더 먹는 내기였다. 나는 늘 꼴찌를 했다. 물론 동생들에게 일부러 져 준 것이다. 명랑한 셋째가 항상 일등이었지만 백 개를 넘긴 적이 없었다. 그도 그럴 것이 별을 세다 보면 눈, 목, 머리까지 안 아픈 데가 없었기 때문이다. 그렇게 한 차례 별을 세고 나면 대단한 우주 탐사를 마치고 돌아온 듯 흐뭇한 얼굴로 옥수수 하모니카를 불던 기억이 새록새록 떠오른다. 그리고 중학생이 된 후에 새로운 사실을 알게 되었는데, 우리가 여름밤마다 세던 별의 개수가, 우주의 엄지발가락 한 부분은커녕 아니, 엄지발가락 세포 하나의 한 부분은커녕, 그냥 아무것도 아닌 티끌 정도였다는 것이다. 그마저도 눈으로 훑고 말았을 뿐이란 것도.

별 하나, 별 둘, 별 셋, 별 넷, 별 다섯, 여섯, 일곱, 여덟…… 나는 무의식적으로 별을 세었다. 열 몇 개를 세었을 즈음 머리가 어지러웠다. 스물, 스물하나, 스물둘…… 결국 서른을 넘기지 못하고 괜한 나이 탓을 하며 서둘러 집 안으로 들어왔다. 마침맞게 울리는 주전자의 요란한 휘파람 소리가 어찌나 반갑던지.

따뜻한 커피에 얼었던 몸이 서서히 녹았다. 문득 그 옛날 밤하늘의 별을 세던 아이들은 다 어디로 갔을까 궁금해졌다. 고개를 숙인 채 스마트폰에 집중하고 있는 평범한 아이의 얼굴이 떠오른다. 무심한 표정의 아이는 이렇게 이야기하겠지.

– 그깟 별을 세어 뭐하게?

우리의 머리 위, 등 뒤에서 변함없이 별들이 반짝이고 있지만 어느 순간부터 사람들은 스마트폰 속의 별만 바라본다. 하늘의 별들과 너무 다른 인공 우주의 별. 누구든 하늘의 별을 세면서 거짓을 계획하지는 않을 것이다. 또한 사랑의 배신은 상상하지도 않을 것이며, 삶의 더러운 것만 골라내지도 않을 것이다. 초라한 빈 지갑 때문에 울부짖지도 않을 것이다. 누구든 그 순간만큼은 진심을 고백하고, 우주를 동경하며 영원을 약속한다. 그래서 별을 올려다보는 사람의 눈빛이 다정한 것이다. 별을 세는 이의 양 볼은 창백할 수 없다. 별빛이 깨운 사람의 심장이 차갑지 않은 것처럼.

세상은 가르쳐 주지 않는다

태양이 사라진 듯 살벌하게 추운 어느 겨울날. 나는 새벽의 정점에 일어나 용감하게 베란다로 나갔다.

'내일 올 겨울 들어 추위 절정! 삼십 년 만의 강추위! 체감 온도 영하 23도'

나는, 지난밤 기상 캐스터가 호들갑을 떨며 전한 무시무시한 소식에도 아랑곳하지 않고 창문을 열었다. 그리고 아주 짧은 순간 절망하고 말았다. 삼십 년 만에 더욱 강력해져서 나타난 동장군과의 전투에서 태양이 패하기라도 한 걸까? 태양은 죽었거나 은하계의 가장 어둡고 깊은 곳으로 도망친 게 틀림없었다. 다시는 태양을 볼 수 없을지 모른다는 두려움이 밀려왔다. 이제 지구는 거대한 얼음덩이가 되는 걸까? 죽음의 별이 되어 우주를 떠다니게 될까?

다행히 서너 시간 후 나는 안도의 한숨을 쉬었다. 태양은 한 귀퉁이라도 얼어 있거나, 추위에 겁먹은 얼굴로 웅크리고 있지 않았다. 햇살은 어제보다 덜 눈부시지도, 그 어떤 여름날보다 초라하지도 않았다. 도는 것은 지구일 뿐, 태양은 늘 그대로였다.

인생 최악의 겨울날을 맞이한 누군가는, 삶의 베란다에서 다시는 태양을 볼 수 없다는 두려움에 떨기도 한다. 최선을 다했지만 늘 성공의 문턱에서 실패를 맛볼 때, 사랑하는 사람들이 까닭 모를 아픔을 안길 때, 한가로이 커피 한 잔을 즐기는 사람들이 부러울 만큼 돈에 짓눌릴 때, 뒤집어쓴 이불 속에서도 내일 일이 어떻게 꼬일지 훤히 보일 때, 계획과 마음이 희망하는 것보다 늘 뒤처지고 주저앉을 때 말이다.

그동안 태양이 사라졌다고 두려워한 것은 지치고 힘든 기분 탓이었다. 한낱 악몽에 지나지 않았다. 태양이 변함없이 제자리를 지켜 온 덕분에 우리 머리 위로 뿌려지는 눈부신 햇살을 사계절 내내 즐기지 않았던가. 태양을 제대로 보지 못했다면 그건 순전히 내 탓이다. 이제 몇 시간만 지나면 그 어떤 어둠도 버티지 못할 만큼 강력한 아침이 올 텐데! 사십오억 년, 아니 사십육억 년에 이르는 지구 역사상 단 한 번도 아침이 오지 않은 적이 없었다는 것을, 왜 자꾸 잊어버리는지!

슬픔과 빈곤에 짓눌려 아침을 기대하지 못하는 사람들은 자기 연민과 분노에 휩싸여 햇살을 기억하지 못한다. 하지만 기억해야 한다. 세상은 가르쳐 주지 않는다. 희망은 얻는 게 아니라 발견하는 것임을. 미래는 앉아서 기다리는 게 아니라 달려가 맞이하는 것임을.

2장

그리고
당신의 이야기

어깨 빌려 주기

작가의 입장에서 보면 독자와의 만남은 은밀한 데이트에 가깝다. 지척에서 서로의 눈동자를 응시할 수 있고, 상대방의 아주 작은 숨소리조차 놓치지 않으려는 놀라운 집중력을 발휘하기 때문이다. 나는 작은 강연회를 선호한다. 참석자가 오십여 명을 넘지 않으면 더 좋다. 그러면 좀 더 편안한 분위기에서 내면의 대화를 나눌 수가 있다.

그날 열린 강연회는 참석자가 주로 삼사십 대의 여성들인, 딱 오십 명 정도가 모인 조촐한 자리였다. 나는 청중을 향해 이런 질문을 했다.

– 지금 가장 기대고 싶은 사람이 누구인가요?

예상대로 다양한 답들이 나왔다. 하지만 반대로 기대고 싶은 사람이 아예 없다는 대답도 많았다. 애인이나 남편을 말한 사람은 의외로 적었다.

– 그 사람은 늘 피곤하다고 해요. 몸도 약하고.

– 나보다 의지가 약해요. 게다가 예민해서.

– 그 사람 상황이 나보다 더 안 좋아요. 그에 비하면 내 문제는 아무것도 아닌 것 같아서.

– 늘 바쁘고, 차라리 건드리지 않는 편이 평화 유지에 도움이 되니까요.

– 나란 사람이 그 사람한테 별로 소중한 존재가 아닌 것 같아요.

갑자기 분위기가 침울해졌다. 몇몇 사람은 눈물을 훔치기도 했다. 나는 분위기를 바꾸려고 얼른 두 번째 질문을 했다.

– 그럼 거꾸로 여러분에게 기대고 있거나 기대려고 하는 사람은 누가 있죠?

갑자기 사람들의 얼굴에 활기가 돌았다.

– 남편! 애인!

– 자식!

– 친정 부모님, 시부모님!

– 친구!

간혹 친척이나 동네 사람을 말한 사람도 있었다. 내가 좀 더 구체적으로 말해 달라고 하자, 여기저기서 이야기가 흘러나왔다. 그런데 그 모든 이야기의 끝이 한결같았다. '사람들이 내게 기대어 행복하다'는 게 아니라, '능력도 없고 나 하나 살기에도 벅찬데 다른 사람까지 나한테 기대는 바람에 참 힘들다'였다. 나는 그 누구에게도 기댈 수가 없는데, 나에게 기대려는 사람은 한둘이 아니라니 수학적 기준으로 보면 전혀 답이 없는 상황이다. 사회학적으로 분석해도 수요와 공급의 완전 불균형이다. 혈액형이 오형인 사람이 수혈을 할 수만 있고 받을 수 없는 것처럼, 억울한 기분마저 들겠다 싶었다.

– 내가 없으면 모든 게 엉망이에요. 내가 알아서 다 해주길 바라거든요.

– 만날 사고만 치는걸요. 나만 바라보고 사는 사람 같아요.

– 불쌍한 인생이에요. 나마저 받아 주지 않으면 안 될 만큼이요.

– 가족이니까, 친구니까 기대는 거겠죠.

– 실망시키고 싶지 않아요. 나한테 무슨 능력이 있다고 믿거든요.

지치고, 힘에 부쳐도 차마 거절할 수 없다고 했다. 마음을 다치면서, 빚을 내서라도, 자신은 엉망이 되어 가는데도 어깨를 내주고 있었다. 하지만 열에 한 번 정도 고맙다는 말을 듣는다고 했다. 그래서 속상하다고 하는 사람들의 얼굴이 슬퍼 보였다. 쉰 살의 언덕을 오르기도 전에 배반의 난도질을 당한 사람들 같았다. 웃옷을 벗으면 상처투성이 가슴이 드러날 것만 같았다.

나는 세 번째 질문을 던졌다.

– 그렇다면 여러분이 마음 놓고 기댈 수 있는 대상이 사람이 아닐 수도 있나요?

세 사람이 종교를 예로 들었고, 나머지 사람들은 수줍게 웃으며 작은 목소리로 돈이라고 말했다. 돈이 있으면 사랑하는 사람을 위해 좀 더 나은 것을 해줄 수 있고, 좀 더 흔쾌히 어깨를 빌려줄 수 있다고 믿기 때문이었다. 문득 머릿속에서 며칠 전 본 TV 광고가 떠올랐다.

따뜻한 말보다 핸드백.

나도 모르게 긴 한숨이 나왔다. 아프다 못해 매를 맞는 느낌이었다. 광고가 이렇게 말하는 것 같았다.

– 뭘 기대하는 거야? 아직도 사람한테 기대하고 있는 거야? 아직 정신을 못 차렸구나. 세상의 배반을 좀 더 경험해야 정신 차릴래? 차라리 이거라도 안고 펑펑 우는 게 낫지. 이거라도 가슴에 품고 꿈을 꾸란 말이야.

나는 정신을 가다듬고 마지막 질문을 던졌다.

–사람한테 기대는 건 무언가를 기대한다는 의미입니다. 그렇다면 여러분이 기대고 싶은 사람에게서 무엇을 기대하는 건가요?

그 순간 오십여 명의 사람들이 마치 합창단원이라도 된 듯 한 목소리를 냈다.

–뭐 대단한 걸 기대하는 게 아니에요. 그냥 기대고 싶어요!

그 말을 듣고 괜히 눈물이 났다. 참으로 소박한 소망이다. 그 순간 내 눈에는 그 자리에 모인 사람들이 참 지지리도 무언가에 허기진 존재로 보였다. 나는 이들에게 말없이 어깨를 빌려 주고 싶었다. 더 무슨 말이 필요한가. 당신과 나, 지금 우리에게 필요한 것은 그냥 말없이 빌려 주는 어깨가 아닐까.

사랑은

한참 어린 후배 수지가 오랜만에 찾아 왔다. 수지는 그늘진 얼굴로 한숨을 쉬었다. 나는 그 모습을 보고 수지가 연인과 헤어졌음을 직감했다. 그리고 불행인지 다행인지 내 예감은 틀리지 않았다. 그나마 그녀가 위안 삼는 한 가지는, 자신이 먼저 이별을 통보했다는 사실이었다. 수지는 이번 이별에서 자신이 일종의 '갑'이었다고 생각하는 모양이다. 하기야 보통은 상대방으로부터 헤어지자는 말을 들었을 때 충격이 훨씬 크지 않던가. 커피 한 모금을 넘긴 수지가 이야기를 시작했다.

– 도대체 남자는 알다가도 모르겠어요.

– 그래? 남자에 대해 어느 정도 아는데?

예상치 못한 기습 질문에 수지는 순간적으로 당황한 것 같았다.

– 뭐…… 좀 알죠.

– 그러니까 뭘 아는데?

– 남자는 지저분하다는 거죠.

– 뭐가 지저분해? 잘 안 씻어서?

– 그게 아니라, 온 동네, 아니 지구 곳곳에 마음을 흘리고 다니는 종자라는 거죠.

– 좀 더 자세히 말해 볼래? 전 남자 친구가 어떻게 지저분한지.

수지는 지난주에 놓친 드라마의 줄거리를 들려주듯 쉬지 않고 이야기를 쏟아냈다.

문제는 남자가 신형 외제 차를 구입한 데서 시작되었다. 모든 대화의 중심은 자동차이고, SNS에 올리는 사진들이 하나둘 바뀌기 시작했다. 연인이 수지에서 차로 바뀐 것이다. 차에 돈을 쓰느라 데이트 비용을 대폭 줄였고, 차를 주정차하기 불편한 곳은 아예 가려고 하질 않았다. 그러다 보니 여자 친구를 데리러 오는 횟수도 점점 줄어들었다.

수지의 친구들은 대부분 잘 헤어졌다고 했지만 내 생각은 좀 달랐다. 너무 성급하게 헤어진 게 아니냐고 조심스레 물었다.

– 헐! 나이 든 사람은 다 선배처럼 말해요!

– 그런데 말이야, 차를 소중하게 여기는 게 왜 지저분한 거지?

– 앞으로도 자기 마음에 드는 게 생기면 또 거기에 마음을 줄 거 아니겠어요? 꼭 여자가 아니더라도 말이에요.

이야기를 들을수록 수지가 성급했다는 생각은 확고해졌다. 이번 일은 남자의 잘못이 아닌 게 명백했다. 냉정히 말하자면 남자에 대해 잘 모르는 수지의 실수일지 모른다. 남자는 여자와 달리 한 가지에 집중하지 못한다. 대개의 남자는 한 번에 두 가지 이상의 일을 하지 않는다.

– 그렇게 한곳에 집중하는 남자가 연애도 한 사람에게 집중하는 경우가 많더라.

내 말에 수지는 무슨 일인지 환하게 웃었다. 나는 또 물었다.

– 수지야, 자동차 한 대를 만드는 데 보통 몇 개의 부품이 필요한 줄 아니?

– 글쎄요. 오백 개? 천 개? 아니, 천 개는 너무 많은 것 같고…… 한 육칠백 개? 그런데 그건 왜요?"

– 그럼 비행기는?

– 흐음…… 비행기는 엄청 크니까 이천 개, 삼천 개?

– 다 틀렸어. 자동차는 보통 이만 개에서 이만오천 개 정도고, 비행기는 이십만 개 이상이야.

– 헐! 와! 엄청나네요. 그런데 그거랑 제 얘기랑 무슨 관계가 있어요?

– 그럼 인간은 몇 개의 세포로 이루어졌을까?

– 아휴, 몰라요, 몰라. 정답이 뭔데요.

– 한 번이라도 생각 좀 해라. 족집게 과외 받은 티 내니? 인간의 몸은 말이야, 대략 백 조의 세포로 이루어졌어. 백 조면 영이 열세 개나 되지. 상상이나 되니?

일단 결론부터 말하면, 그날 수지는 나와 얘기하던 끝에 헤어진 연인에게 만나자는 전화를 했고, 콧노래를 부르며 자리에서 일어났다.

남자든 여자든 관계를 맺게 되면 자신에게 집중하길 원한다. 그래서 사랑은 이기적일 수밖에 없다. 오죽하면 모든 인간을 평등하게 사랑하는 신조차 '나만 사랑하라', '다른 신을 찾지 말라'고 하겠는가. 그러나 인간이란 존재는 아는 만큼 사랑한다. 처음 몇 번은 상대에 대해 알지 못해도 즐거울 수 있지만 그것은 순간의 쾌락에 지나지 않는다. 상대방에 대한 지식 없이 접근하는 관계는 한순간에 무너져 내리기 때문이다. 인간의 몸이 백 조의 세포로 이루어졌다면 그중 마음이나 생각을 좌우하는 세포는 몇 개나 될까? 말도 안 되는 의문이지만 아마 셀 수 없을 정도로 많을 것이다. 그렇다면 내 마음에 꼭 맞는 상대를 만나는 것이 가능하기나 한 걸까?

그래서 사랑은 죽는 순간까지 탐구 생활이다. 사소한 버릇 하나 고치지 못하고, 타고난 성질은 죽을 때까지 못 바꾸는 존재가 바로 인간이다. 아니면 '세 살 버릇 무덤까지 간다.'는 말이 왜 있겠는가!

결국 사랑도 공부다. 끊임없이 상대를 탐구하는 자세로 임할 자신이 없다면, 아예 사랑이라는 땅을 밟지 말기를 권한다.

선택

딱 한 번이었다. 그것도 열다섯 살 생일날, 한낮의 눈부신 햇살을 마음껏 빨아들이고 있는 바다에서. 인어공주는 모든 게 처음이었다. 물 위의 세상을 구경한 것도, 바다와는 또 다른 푸른색 하늘을 올려다본 것도, 지느러미가 아닌 날개로 움직이는 새들도, 모두 처음이었다.

그리고 저 사람, 아니 저 남자! 긴 머리카락만 바람에 휘날린 게 아니었다. 배에 타고 있는 남자를 본 순간 인어공주의 심장은 출렁이다 못해 빠르게 요동쳤다. 조심스레 한 손을 뻗어 남자의 뺨을 쓰다듬었고, 그날 밤 인어공주는 폭풍우로 난파된 배에서 왕자를 구해 냈다. 하지만 가까스로 살아난 왕자는 그 사실을 모른 채 다른 여자와 결혼식을 올린다. 실망한 인어공주는 사랑을 되찾기 위해 자신의 목소리를 담보로 내놓고 인간처럼 두 발로 걷게 되지만, 그것은 스스로를 지옥으로 내미는 첫걸음이었다.

인어공주는 왕자에게 하고 싶은 이야기가 많았다.

'사랑해요, 내가 당신을 구했어요.'

'내가 얼마나 당신을 사랑하는지 알고 있나요? 당신 옆에 있기 위해 다 버리고 왔어요. 사랑하는 가족도, 공주라는 신분도, 심지어 목소리마저…….'

'한 번만 안아 주세요. 한 번만 웃어 봐요. 내 이름을 불러 주세요.'

애끓는 심정을 말로 전할 수 없었던 인어공주는 점점 지쳐 갔고, 이 모습을 안타깝게 지켜보던 언니들이 인어공주에게 칼 한 자루를 쥐어 주며 간곡히 말했다.

– 왕자의 심장을 찔러야 해. 그래야 네가 다시 원래의 모습으로 돌아올 수 있단다. 그렇지 않으면 너는 이대로…….

인어공주는 눈물로 애원하는 언니들을 생각하며 몇 번이나 칼을 들었지만, 결국 거센 파도 속으로 망설임 없이 칼을 던졌다. 그리고 한낱 물거품으로 돌아가 사라지는 것으로 끝까지 사랑을 지킬 수 있었다.

어린 시절 나는 인어공주가 불쌍해서 한참이나 통곡을 했다. 그 소리에 놀란 엄마가 달래는데도 곡소리는 잦아들 줄 몰랐다. 나중에 사정을 알게 된 엄마가 물었다.

– 네가 공주라면 어떻게 할래?

여전히 울음기 섞인 소리로 나는 이렇게 말했다.

– 거짓말을 해서라도 왕자가 다른 여자랑 결혼하지 못하게 해야지. 언니들이 준 칼로 왕자가 안 죽을 만큼만 찌를 거야. 아니면 수화를 배워서 진실을 밝히고 왕자랑 결혼할 거야!

얽히고설킨 복잡하기 그지없는 인간관계에 대해서 전혀 모를 때라 그랬는지, 지금 생각해 봐도 참 당찬 대답이었다. 참 이상한 것은 그랬던 아이도 막상 어른이 되고 아는 게 늘어날수록 뭣 하나 똑 부러지는 게 없다는 사실이다.

문득 궁금해진다. 인어공주처럼 목숨을 내줄 만큼 무언가를 절실하게 소원했던 적이 한 번이라도 있었나? 일류 대학? 남들이 부러워하는 직장? 근사한 애인? 멋진 외모? 넓은 아파트? 든든한 주식? 외제 차? 호화로운 해외여행? 인어공주가 목소리를 내놓았듯, 이런 것들을 얻기 위해 소중한 무언가를 내놓을 수 있을까? 하지만 결국 아무것도 얻지 못하고, 이루지 못하고, 심지어는 억울하게 뒷자리로 물러나 초라한 모습으로 남게 되었을 때, 과연 최선의 선택이었다고 말할 수 있을까?

우리는 지금 어떤 모습으로 어른이 되어 가고 있는 걸까? 살아오면서 나는 내 소중한 것들을 얼마나 많이 놓쳐 버린 걸까? '신중하지 못하고 주의 깊지 못한' 나의 실수로 온갖 허망한 것들과 바뀌어 사라진 것들. 아마 셀 수도 없을 만큼 많을 것이다. 이미 지나간 일이라고, 스스로를 다독이며 애써 위로하지만 가끔 나도 모르게 그 흔적들을 더듬기도 한다. 하지만 이제 내게 남은 것들을 더는 잃지 않으리라. 나의 시간, 나의 마음과 사색, 나의 기쁨과 웃음, 나의 산책과 달콤한 수면을 다시는 허비하지 않으리라.

어른이 된 후에

나 어릴 적에는 아무 때나 새 신을 신을 수 없었다. 일 년에 딱 두 번 설날이나 추석 아니면 소풍날, 생일, 성탄절처럼 특별한 날에만 생기는 아주 특별한 선물이었다. 그 때문일까, 새 신을 신으면 하늘까지 뛰어오를 것만 같았다. 두 발에 날개를 단 기분이었다.

그때는 새 신발을 소중한 인형처럼 가슴에 끌어안고 잠을 잤다. 그리고 꼭 꿈을 꾸었다. 새 신을 신고 동생들과 함께 초록 물결이 끝없이 펼쳐진 벌판을 소리치며 뛰어다니는 꿈이었다. 한번은 구름을 타고 하늘을 훨훨 날아다닌 적도 있는데, 두 손에 신발을 꼭 쥔 채였다. 또 어느 날은 숲속에서 놀다 신발 한 짝을 잃어

버린 꿈을 꾸었다. 수풀을 헤집고 찾아다녀도 없어서 결국 울면서 잠에서 깼는데 가슴에 품고 잤던 운동화 한 짝이 아랫목 구석에 벌러덩 누워 있었다. 집 나간 바둑이라도 만난 양 어찌나 반갑던지 나는 용수철처럼 벌떡 일어나 운동화를 집어 들고 구석구석 살피고 또 살폈다.

좀 더 자라 중학생이 되고 나서는 전처럼 새 신을 안고 이불 속으로 들어가지 않았다. 동생들 보기에 창피해서였다. 물론 동생들은 새 신이 생길 때마다 내가 그랬듯이 신발을 끌어안고 잠자리에 들었다. 때로는 머리맡에 모셔 둔 신발을 수십 번씩 올려다보고 매만지며 두근두근 새 아침을 기다리기도 했다. 그리고 여느 날과 하나도 다르지 않은 아침을 맞았다. 뜨끈한 밥과 멀건 국, 반찬 두세 개가 전부인 아침상을 놓고 옹기종기 둘러앉은 식구들, 어제 입은 교복, 어제 걸었던 골목길마저 똑같은 풍경이었다. 하지만 새 신을 신고 날렵한 걸음걸이와 경쾌한 몸놀림으로 등굣길에 오른 나만은 예외였다.

새 신을 신고 뛰어 보자 팔짝. 머리가 하늘까지 닿겠네.
새 신을 신고 달려 보자 휙휙. 단숨에 높은 산도 넘겠네.

그 시절, 새 신을 신고 설레던 그 벅찬 흥분과 기쁨을 지금의 무엇에 비할 수 있을까. 우리 집 신발장에 가득한 각양각색의 신발들. 운동화만 다섯 켤레지만 그 신발들을 신고 단 한 번도 날아오른 적이 없었다. 한 켤레에 수십만 원을 호가하는 명품 구두가 아니어서? 유명 디자이너의 이름을 내건 최신 구두였다면 잠을 설쳤을까? 예전처럼 머리맡에 두고 아침이 밝기만을 기다렸을까? 하지만 나는 여태 그 어떤 새 신을 신어도 하늘까지 뛰어오를 만한 기쁨을 누려 보지 못했다. 문제는 신발이 아니었다. 어른이 된 후에는 아무것도 가슴에 품을 수 없었다.

별이 빛나는 밤에

한국인이 가장 좋아한다는 빈센트 반 고호[•] 전시회에 갔다. 전시장을 둘러보는데 나이가 지긋한 노부부가 눈에 들어온다. 곱게 나이 든 할머니가 고흐의 그림을 보며 한숨을 지었다.

–나도 예전에는 꿈이 있었는데…….

조금 더 나이 들어 보이고, 걸음걸이가 느린 할아버지가 관람객에 떠밀려 걸어가며 말했다.

–무슨 꿈? 나랑 결혼하는 게 꿈 아니었어?

• Vincent van Gogh, 1853–1890

– 아직도 그 소리네. 그건 어른들이 지어낸 말이었지, 나는 시인이나 화가가 되고 싶었다고요!

– 그럼 나는 마도로스!

할아버지도 지지 않고 말했다.

– 내가 당신만 만나지 않았으면 지금쯤 이런 전시회를 열었을 텐데…….

– 그래서? 당신도 귀 하나 잘라 내려고?

– 됐어요, 됐어! 내가 이렇게 무식한 영감이랑 사느라 그저 먹고 자고 일하는 것만 육십 년이 넘도록 하고 있지.

– 왜 이래? 나도 결혼만 안 했으면 원 없이 남태평양을 누볐을 거야.

대부분의 사람들은 〈별이 빛나는 밤〉 앞에 서면 유독 말이 많아졌다. 대부분 크게 한숨을 내쉬거나, 눈을 크게 뜨고 그림을 감상했다. 고흐는 이 그림을 1889년에 그렸는데, '1889년'은 고흐의 생애에 있어서 의미가 깊은 해이다. 1888년, 고흐는 스스로 한쪽 귀를 잘라 내어 성탄절 전야를 붉게 물들였고, 1890년 7월에는 스스로에게 총을 겨누었다. 〈별이 빛나는 밤〉 그림 속 별들은 이 두 번의 핏빛 소용돌이 사이에서 생겨났다. 그래서인지 나는 그림을 볼 때마다 마치 별들이 울부짖는 느낌을 받는다.

고흐는 귀의 상처가 채 아물기 전, 동생에게 이런 내용의 편지를 써 보냈다.

테오에게

(중략)

내가 미치지 않았다면 그림을 시작할 때부터 약속해 온 작품을 너에게 보낼 수 있는 날이 올 것이다. 나중에는 하나의 연작으로 보여야 할 그림이 여기저기 흩어지게 될지도 모른다. 그렇다 해도 너 하나만이라도 내가 원하는 전체 그림을 보게 된다면, 그래서 그 그림 속에서 마음을 달래 주는 느낌을 받게 된다면…….

나를 먹여 살리느라 너는 늘 가난하게 지냈겠지. 돈은 꼭 갚겠다. 안 되면 내 영혼을 주겠다.

1889년 1월 형, 고흐가•

서른일곱의 형은 어리다면 아직 어리고, 많다면 제법 인생을 산 어른이다. 그러나 동생에게 해줄 게 아무것도 없었다. 형을 너무 사랑하여 첫 아들 이름을 빈센트라고 지은 동생. 그런 동생에게 평생 술값, 밥값, 물감과 종잇값, 방세, 심지어는 우푯값까지

• 《반 고흐, 영혼의 편지》, 신성림 옮김, 예담, 2005

얻어 쓴 형. 빈센트 반 고흐.

전시장에 온 사람들은, 고흐의 그림 앞에 서서 자신의 온갖 상처와 과거의 흔적을 토해 낼 뿐이었다. 고흐의 궁핍함과 하루에도 수차례 가슴을 불로 지지듯 화악 타버릴 듯한 외로움에는 관심이 없었다. 만약 이 발 디딜 틈 없는 전시장에 고흐가 나타난다면 어떤 모습일까? 한쪽 귀를 붕대로 감고, 바짝 마른 얼굴에 책상 모서리처럼 튀어나온 광대뼈를 가진 남자는 낡고 냄새나는 프록코트를 입은 채 광기로 번뜩이는 눈으로 돌아다닐 것이다. 가난에 지치고 뼈아픈 외로움에 허덕이던 남자는 조금만 다정한 눈빛을 보여도 말을 붙이려고 할지 모른다. 그럼 아마 대부분은 질겁하고, 혼비백산 비명을 지르면서 전시장을 빠져나갈 게 분명하다.

고흐의 걸작 〈별이 빛나는 밤〉은 고흐의 마음과 영혼이 가장 혼란스러울 때에 탄생했다. 어쩌면 돈, 명성, 사랑, 친구, 술, 담배, 내일의 양식과 물감 걱정으로부터 자유로운 시기였기에 가능했을 수도 있다. 우리는 언제쯤 일상의 걱정에서 벗어나 자유로운 삶의 붓질을 할 수 있을까. 아니, 짧지 않은 인생을 살았건만 언제 한 번이라도 별이 빛나는 밤의 시간을 보낸 적이 있던가? 살아 있음은 다시 한 번 붓을 들 수 있다는 약속을 보장받은 것이나 다름없는데 말이다.

길 잃은 사람들

맏딸인 나는 동생들을 업어 키웠다. 엄마는 남동생 하나를 얻기 위해 내 밑으로 딸을 셋이나 더 낳았다. 다섯째가 아들인 것은 정말 천운이었다. 그 시절 딸만 여섯, 일곱인 집이 한둘이 아니었으니 말이다. 어려서부터 나는 엄마를 도와 기저귀를 빨고, 삶고, 방망이질을 하거나 가끔 기저귀를 양잿물에 삶아 널었다. 엄마가 집안일로 바쁘면 동생들을 돌보는 일은 내 차지였다. 하나를 재우면 하나가 칭얼대고, 하나 달래면 하나가 울어대고, 다시 하나 재우면 또 하나가 업어 달라고 조르는 고단한 일상이었다. 좀처럼 울음을 그치지 않으면 엄마가 했던 것처럼 노래를 부르며 동생들을 달래곤 했다. 나보다 두 살 적은 바로 아래 동생이 함께 불러 주었는데 신기하게도 〈섬 집 아기〉와 〈클레멘타인〉을 불러 주면 울음을 곧잘 그쳤다.

엄마가 섬 그늘에 굴 따러 가면
아기가 혼자 남아 집을 보다가
바다가 불러 주는 자장노래에
팔 베고 스르르르 잠이 듭니다.

아기는 잠을 곤히 자고 있지만
갈매기 울음소리 맘이 설레어
다 못 찬 굴 바구니 머리에 이고
엄마는 모랫길을 달려옵니다.

한번은 다함께 이 노래를 부르다가 아무 이유 없이 울음바다가 되었다. 처음에는 흑흑 흐느끼다가 갑작스레 부모 잃은 아이처럼 서로를 부둥켜안고 통곡을 했던 기억이 난다. 그 소리에 놀란 옆집 어른들이 우리 집 방문을 들여다보기도 했는데 지금 생각하면 의문투성이다. 어린이를 위한 노래인데, 노랫말과 곡조는 왜 이렇게 구슬픈지, 아기들이 이 노래를 듣고 울음을 그치는 이유는 무엇인지. 추측하건대, 엄마 없는 슬픔과 서러움을 당해 낼 재간이 없기는 젖먹이 또한 마찬가지 아니었을까.

넓고 넓은 바닷가에 오막살이 집 한 채
고기 잡는 아버지와 철모르는 딸 있네.
내 사랑아 내 사랑아 나의 사랑 클레멘타인
늙은 아비 혼자 두고 영영 어디 갔느냐.

어릴 적 동생들과 〈섬 집 아기〉만큼 자주 불렀던 노래가 바로 〈클레멘타인〉이었다. 그때만 해도 이 노래가 외국 노래인 줄 몰랐다. 나중에 어른이 되고 나서 미국 노래인 것을 알았고, 노래에 담긴 안타까운 사연도 찾아보게 되었다.

1849년은 금광을 찾아 일확천금을 꿈꾸는 사람들이 미 서부 캘리포니아로 몰려들던 때였다. 어린 소녀 클레멘타인도 여동생과 함께 아버지를 따라 힘든 여정에 올랐다. 빼앗지 않으면 빼앗기는 일상이 이어지는 한편 소녀의 가족은 사나운 들짐승이 언제 공격해 올지 몰라 숨죽인 채 하루하루를 살아야 했다. 소녀는 무법천지의 험난한 길 위에서 서서히 지쳐 갔다. 그렇게 굶주림과 추위에 시달리던 어느 날, 소녀는 바다에 빠져 허무한 죽음을 맞는다. 뒤이어 병든 아버지마저 비참한 몰골로 생을 마감하고 마는데, 끝까지 살아남은 여동생의 남편이 자신의 처형, 즉 클레멘타인에 대한 이야기를 들려주었던 게 그 시작이라고 한다.

동굴에서, 협곡에서, 금광을 찾아 땅을 파헤치며, 1849년 금광에 미친 한 광부가 딸 클레멘타인과 살았다네. 오 내 사랑, 오 내 사랑, 오 내 사랑 클레멘타인. 네가 세상을 떠나 영원히 먼 길을 갔으니, 참으로 슬프구나, 클레멘타인. 그녀는 쾌활하고 요정 같았지. (중략) 어느 날 그녀는 나무토막에 발을 부딪혀 그만 거친 바다에 떨어져 버렸어. 1849년의 금광 광부는 차츰 몸이 여위어 갔네. 아버지는 딸과 함께 지내야겠다고 생각했지. 지금은 딸 클레멘타인 곁에 있다네. 언덕 위 교회 묘지에는 꽃들이 무성하게 자라 뒤얽혀 있지. 그중에서도 장미가 잘 자라는데 클레멘타인이 땅을 기름지게 했나 봐.

1849년 금광을 찾아 캘리포니아로 몰려든 수많은 사람들. 그 무리들을 '포티나이너forty-niner'라고 하는데, 1849년 한 해에만 수십만 명이 몰려왔고 그 덕분에 '포티나이너'는 '일확천금을 노리는 사람들'이라는 뜻으로 사전에까지 실렸다.

포티나이너들은 미친 듯이 마차와 말을 몰았다. 한 달, 하루, 한 시간이라도 먼저 금광을 찾기 위해서였지만 현실은 처참했다. 기록에 의하면 열악한 환경에서 가혹한 노동에 시달리던 포티나이

너들은 영양실조와 인디언의 습격 등으로 목숨을 부지하기가 힘들었다. 셀 수 없이 많은 사람이 목숨을 잃었으며, 자신들이 목숨 걸고 캐낸 황금이 뉴욕이나 샌프란시스코에 살고 있는 자본가의 배만 불려 주고 있단 것을 깨닫고 허탈감에 빠져 이 노래를 불렀다고 한다. 그런데 알고 보면, 이들이 가장 증오한 집단으로 자본가 이전에 신문기자들이 있었다. 금광 찾기에 실패하고 비참한 삶을 사는 포티나이너들이 "금광을 과대 보도한 모든 신문기자라는 족속에게 복수를 맹세한다!"라면서 울부짖었다고 한다.

포티나이너. 암울한 시대의 희생자들. 모든 선택이 가족을 위해서였다고 하지만 변명에 지나지 않는다. 그들은 황금에 눈이 멀어 현실을 직시하지 못하고 길을 잃었을 뿐이다. 그리고 어느 시대에나 이런 사람들은 꼭 있다. 지금의 대한민국에 살고 있는 '2040'은 포티나이너만큼 심각한 상태에 놓여 있다. 나는 이들을 투엔티포티어twenty-fortier라고 부른다. 어른이 되기 두려운 어른들로 그 옛날 잔뜩 부풀려진 기사와 소문에만 의지해 돌아올 수 없는 길을 떠났던 포티나이너에 버금가는 사람들이다. 그들은 부와 명예를 좇는 소문의 소용돌이에 갇힌 채 이리저리 부유한다. '이렇게 하면 더 빨리, 더 많이 벌 수 있어.' '더 쉽게 얻을 수 있어.' '더 편안하게 살 수 있어.' '저 사람만 의지하면 훨씬 잘나갈 거야.' '훨씬 잘 풀릴 거야.' 귓속말로 전해지던 온갖 풍문이 이제 SNS를 타고 더 넓게, 더 비밀스럽게, 더 음침하게 퍼져 나간다. 하루에도 수십 번씩 이런 것들에 휩쓸려 제자리를 찾지 못하는 투엔티포티어들. 그들의 얼굴 위로 비참하게 생을 마감한 소녀 클레멘타인의 슬픈 얼굴이 오버랩 된다.

아름다움

얼마 전 후배를 만났는데 무려 열여섯 쪽이나 되는 광고지를 보여 주며 이렇게 말했다.

– 선배, 오 페이지 좀 봐요. 관리 프로그램이 백오십만 원인데 괜찮은 것 같아요. 우리 팀장도 그거 하나밖에 안 했는데 얼굴이 확 달라졌어요. 선배도 나랑 같이 해볼래요?

외출할 때만 그것도 마지못해 화장을 하는 내게는 과분한 권유였다.

– 난 됐어. 그런데 뭘 이런 걸 하니?

– 선배는 작가니까 얼굴에 주름 좀 있어도 괜찮겠죠. 오히려 더 작가다워 보일지도 몰라요. 한데 일반 직장 여성은 안 그래요. 외

모든 스펙이든 뭐든 다 꿀리면 피부라도 좋아야죠. 칙칙하고 주름까지 생겨 봐요. 윗사람한테 자기 관리 부실한 사람으로 찍힐걸요. 냉혹한 현실이지만 사실이에요. 아무튼 선배가 싫다면 나 혼자라도 받아야겠다. 둘이 가면 더 싸게 해준다고 하던데.

후배는 서운한 눈빛으로 광고지를 다시 가방에 넣었다.

왜 우리는 인간의 아름다움에 대해 이야기할 때에 '시간'이란 요소를 잊어버릴까? 인간의 아름다움에는 시간이라는 배경이 깔려 있다. 모든 사진에 배경이 있듯, 모든 소설에 배경이 있듯, 모든 인생에는 배경이 깔려 있다. 그리고 그 배경은 공평하지 않다. 가족관계, 배움의 정도, 성격의 차이, 키가 크거나 작거나 하는 외모의 차이는 물론이고 어떤 경험을 했느냐에 따라 저마다의 배경이 만들어지는 것이다. 이런 배경 아래 인간의 아름다움은 세월이 흐르면서 자연스럽게 생겨난다. 누구나 인생 소설의 주인공일 수밖에 없는 이유도 바로 이 때문이다.

그러나 시간이란 배경 앞에서는 그 누구도 앞서거나 낮아지거나 물러나지 않는다. 마치 달리기 선수처럼 시간이란 출발선 위에 나란히 서 있는 것이다. 준비, 땅! 출발 신호와 함께 한 사람의 인생이 시작된다. 모두를 압도하는 지성인도, 절대 권력자도, 당대 최고의 미인이나 강건한 육체의 소유자라 해도 시간의 테두리를 벗어날 수는 없다. 살아가는 동안 그 어떤 분노와 고통, 환희와

쾌락이 뒤따르든, 그 시간을 통과한 자에게는 흔적이 남게 마련이다. 그런데 우리는 그 흔적을 화학제품으로 닦아 내거나 다른 것으로 덧칠하려 한다. 상상해 보라. 백일 아기의 얼굴을 한 여든 노파를, 다섯 살 아이의 목소리로 말하는 성인 여성을, 얼굴을 제외하고 온몸이 근육덩어리인 칠십 노인을, 인위적으로 주름을 없애서 웃어도 웃는 게 아닌 중년 여성을.

프랑스 속담에 '모든 나이에는 (그 나이에 맞는) 즐거움이 있다'란 말이 있다. 나는 이 말을 이렇게 살짝 바꿔 말한다.

모든 나이에는 (그 나이에 맞는) 아름다움이 있다.

한 사람이 곧 하나의 역사이며, 우주와 시간 전 과정을 아우르는 꼭짓점이나 마찬가지다. 자신만의 흔적을 받아들일 줄 아는 너그러움이 있어야 한다. 마흔의 기미, 쉰의 늘어짐을, 예순의 무너짐을, 일흔의 뭉개짐을. 또한 삶의 고단한 흔적들을 인정하고 축복해야 한다. 남 몰래 울고 참느라 구겨진 가슴을, 일상의 폭언으로 얼얼해진 두 귀를, 치욕스러운 순간을 참아 내며 억지웃음을 머금은 양 볼을, 갈등과 불화 속에서도 찡그리지 않으려 애쓴 이마를 너그럽게 받아들이자. 이 모든 것이 어찌 자라나는 아이의 그것처럼 싱그럽고 주름 한 줄 없이 팽팽할 수 있으랴!

스타벅스의 연인들

우리 동네 지하철역 주변에는 스타벅스만 세 곳이 있다. 이보다 작은 커피 전문점은 훨씬 많아서 그 수를 헤아리기가 귀찮을 정도인데 신기한 것은, 그 모든 커피숍이 성업 중이라는 사실과 빈자리는 거의 찾아보기 어렵다는 것이다. 문득 이런 생각이 들었다. 커피숍이 흔치 않았던 칠팔십 년 대에는 대체 어디서 사람을 만났던 걸까? 연애는 어디서들 했더라? 빵집? 다방? 물론 그동안 인구가 늘어난 탓도 있고, 남녀노소 불문하고 바깥 활동이 많아진 것도 이유가 되겠지만.

한번은 약속한 시간보다 삼십 분 일찍 도착한 적이 있었다. 가까운 스타벅스로 들어갔다. 유일하게 비어 있던 출입문 근처의

푹신한 소파가 눈에 들어왔다. 나는 편한 자세로 앉아서 느긋하게 주위를 둘러보았다. 혼자인 사람들은 대부분 노트북을 들여다보고 있거나 책을 읽고 있었다. 나머지는 둘, 셋 모여 있었는데 그중 찰싹 붙어 앉은 연인이 보였다. 전혀 다른 차림새였지만 나란히 앉은 남녀는 어딘가 닮아 보였다. 가끔 웃기도 하고 손사래를 치면서 대화에 열중하는 모습이었지만 두 사람의 시선은 단 한 번도 스마트폰을 떠나지 않았다. 나는 그 모습이 신기했다. 연인이라면서 서로를 마주하지 않고도 오랜 시간 웃고 떠들 수 있다니. 마치 신인류의 탄생을 지켜보는 기분이랄까. 갑자기 노래 한 곡이 떠올랐다.

둘이 걸었네, 어제 그 길을 불빛 따라 우산도 없이
오늘 밤에는 가로등불이 유난히도 반짝입니다.
수많은 사람들의 오가는 기쁨
꿈꾸는 거리마다 수많은 사연
둘이 걸었네, 불빛 사이로 속삭이며 둘이 걸었네.
오늘 밤에는 가로등불이 유난히도 반짝입니다.
만나면 하는 말은 별로 없지만 그래도 행복한 건 우리 둘인데
오늘도 우리는 둘이 걸었네.•

가로등불 아래의 연인은 넘쳐흐르는 사랑을 어떻게 표현해야 할지 모르는 사람들이다. 행여 조심성 없는 말 한마디가 소중한 사랑에 생채기를 낼까 봐, 말하지 않아도 서로의 진심을 알기에 아무 말 없이 걷고 또 걷는다. 꼭 잡은 두 손을 오가는 그 순간의 감정은 달콤한 사랑의 언어를 뛰어넘을 만큼 강력하지 않을까?

스타벅스의 연인은 도무지 알 수가 없다. 스마트폰 속 잘 알지도 못하는 이가 전하는 메시지와 움직임에는 열중하면서 정작 눈앞의 연인에게는 별반 관심이 없어 보인다. 기껏해야 남들 눈을 의식하며 찍은 사진이나 동영상 등을 보여 주거나, 일면식도 없는 타인과 주고받은 메시지를 자랑하는 것처럼 보인다.

노래 속 연인은 세상 한가운데에 있지만 그 안의 화려함과 가치에 현혹되지 않는다. 오직 연인에게 집중할 뿐이다. 스타벅스의 연인은 같은 공간에 있으면서, 전혀 다른 시간의 통로를 지나고 있다. 스페인 여행 중인 친구의 시간, 근사한 식당과 맛있는 요리를 찾아다니는 어느 미식가의 시간, 멋진 웨딩드레스를 고르느라 여념이 없는 어느 예비 신부의 시간 속을 지나고 있다. 그렇게 천천히 타인의 시간 속으로 함몰해 간다. 그리고 아마 어느 순간 귀를 닫아 버릴지도 모른다. 연인의 고민거리가 부담스러워지고,

---

• 〈둘이 걸었네〉 정종숙 노래, 태양음향, 1983

친구의 한숨 섞인 푸념이 귀찮다고 느껴지는 순간, 연인의 요청은 요구로 들리고 친구의 부탁은 짜증으로 들린다. 그래서 아예 마음까지 닫아 버리고 나면 이렇게 외치게 된다.

－나는 너무 외로워!

－너는 나를 몰라!

－나에 대해 아는 게 뭐야?

－내가 얼마나 힘든 줄 알아?

－나 같으면 그렇게 안 해!

－나도 할 만큼 했거든!

－내가 어쨌다고?

이런 과정을 거쳐 도달하는 결말은 곧, '나'에 대한 절망감이다. 그리고 이것은 '나'에 대한 애착, '자기애'로 이어진다. 연인이나 친구와 함께 있어도 나눌 말이 생각나지 않게 된다.

하루 한 시간만이라도 스마트폰을 가방 맨 밑바닥에 재우고 연인과 친구와 걸어 보라. 이러한 산책이 잦아질수록 복잡한 일상을 평온하게 만드는 휴식 같은 기쁨이 따라올 것이다.

만나면 하는 말은 별로 없지만

그래도 행복한 건 우리 둘인데

오늘도 우리는 둘이 걸었네.

안개

오랜만에 동생 집을 찾았다. 초등학생 조카는 흡사 강아지처럼 펄쩍펄쩍 뛰어오르며 나를 반겼다. 알고 보니 다 이유가 있었다.

– 큰 이모! 내가 퀴즈 낼게!

수진이는 내 앞에 앉자마자 어린애 손바닥만 한 책을 펴들었다. 《초등생, 요절복통 퀴즈 문제집》이란 요상한 제목의 천 원짜리 책이었다. 얼핏 봐도 학교 앞 문방구에서나 팔 것 같았다.

– 전 국민이 권투 선수인 나라는?

– 모르겠는데.

– 아주 쉬운데, 답은 칠레야!

– 전 국민이 교통질서를 잘 지키는 나라는?

– 일본?

– 아니! 인도!

– 또 있어. 전 국민이 목욕을 잘 하는 나라는?

– 너무 어려워.

– 히히히, 어렵지? 정답은 이태리.

– 왜?

– 이태리 때수건 있잖아!

요 '초등생 퀴즈'라는 게 참 묘했다. 늘 '세상에서 가장……'으로 시작하는, 시답잖은 문제가 대부분이지만 막상 답을 알고 나면 저도 모르게 헛웃음이 나온다. 뭐라 반박하기도 애매한 것이 요즘 유행하는 아재 개그에 가깝다고나 할까. 이를테면 이런 식이다.

– 프랑스에서 가장 요리를 잘하는 사람은?

– 드숑!

– 프랑스에서 물건을 가장 싸게 사는 사람은?

– 깍숑!

– 프랑스에서 가장 가난한 사람은?

– 업(없)숑!

– 세상에서 가장 빠른 개는?

– 번개!

– 세상에서 가장 착한 개는?

– 다 줄게!

– 세상에서 가장 멍청한 개는?

– 멍게!

– 세상에서 가장 구두쇠인 개는?

– 싸게!

– 세상에서 가장 큰 개는?

– 안개!

이쯤에서 나는 "이제 그만! 이모는 바보야." 하고 조카에게 고백 아닌 고백을 하고서야 겨우 초딩 퀴즈 함정에서 빠져나올 수 있었다.

늦은 밤 집으로 돌아오는 버스 안에서 문득 수진이의 '초딩 퀴즈'가 떠올랐다. 나도 모르게 피식 웃음이 새 나왔다. 그 많은 문제를 외우는 걸로 부족한 건가, 무의식중에 '내일 만나는 사람들한테도 문제를 내봐야지.'라고 결의를 다지다니.

버스는 시원하게 뚫린 자유로를 거침없이 달렸다. 갑자기 생겨난 안개만 아니었어도 자유로의 어둠은 그런대로 볼만 했을 텐데. 어둠은 오래가지 않았다. 도로 위가 뿌연 안개에 점령당하면서 어둠 속을 나란히 달리던 차들이 조금씩 사라져 갔다. 자동차 헤드라이트와 미등에서 내뿜는 노란 불빛들만이 마법처럼 공중을 떠다녔다. 콜록콜록, 안개 특유의 매캐한 냄새가 문틈을 파고들면서 기관지가 약한 나는 기침을 하기 시작했다.

안개. 인간의 힘으로는 도저히 흉내 낼 수 없는 자연의 움직임. 내가 사는 곳에서는 이른 초봄, 늦은 밤이나 새벽이 되면 어김없이 안개가 나타난다. 앞이 보이지 않을 정도의 회색 무리가 흙바닥과 아스팔트 바닥을 헤집고 맹렬한 기세로 솟구치듯 올라온다. 암흑처럼 완전 불투명하지도, 투명하지도 않은 그런 캄캄함이 한 마을을 감싸는 데에 채 몇 분이 걸리지 않는다. 마치 거대한 회색 천이 세상을 뒤덮은 듯하다. 안개에 휩싸이는 순간 사람들은 더듬거린다. 길을 잃거나 넘어지고, 무언가에 홀린 듯 미치기도 한다. 때로 몽롱한 안개 속에서 운명의 상대를 만나기도 하고, 죽을 때까지 잊지 못할 입맞춤을 경험하기도 한다. (그 입술의 주인이 누구인지도 모른 채.) 그나마 다행스러운 점은 안개에서 비롯되는 무섭거나 달콤한 판타지가 극히 짧다는 것이다. 해가 떠오르면 안개는 자취도 없이 사라져 버린다. 마치 태양의 거대하고 뜨거운 입속으로 순식간에 빨려든 것처럼.

안개는 흔적을 남기지 않는다. 잠시 뒤면 사라질 축축한 기운과 젖은 나무를 태운 듯한 냄새만으로 안개가 다녀갔음을 짐작할 뿐이다. 그래서일까. 누군가는 인생을 안개에 비유했다. 인생이란 눈 뜨면 흔적도 없이 사라지는 안개를 닮지 않았냐고. 그러고 보니 지나온 삶이 한순간의 꿈처럼 느껴질 때가 있었다. 뒤처지는 게 두려워 발버둥 치며 살아왔는데 뒤돌아보니 아무것도 남은 게 없었다. 그래서 우리는 한낱 안개에 불과할지 모르겠다. 살기 위해 몸부림치고, 적당히 모른 척하고, 오로지 나 자신에게만 집중하며 독하게 살아남는다고 해도 끝내 흔적조차 없이 사라질 것이다. 그런데 이것을 자꾸만 잊어버리고 목소리를 키운다.

세상에 잠시 머물렀다 사라지는 안개들이여, 이제 조금만 서로를 불쌍히 여겨도 좋지 않은가.

카이로스, 곰비임비의 시간

의외로 사람들은 아주 잠깐의 경험에 오랫동안 기억을 지배당한다. 첫 만남, 첫 키스, 현실보다 생생한 꿈, 생애 처음으로 맛본 짜장면의 맛을 나는 절대로 잊을 수가 없다. 아주 오래전 일인데도 바로 어제 일처럼 생생하게 떠오르는 것이 무슨 마법 같다. 이와 비슷한 경험을 여러 번 했는데, 어릴 적 우연히 들었던 시간에 대한 이야기는 유달리 잊히지 않아 내 강연의 단골 소재가 되기도 했다.

초등학교 육 학년 때의 일이다. 어느 날 담임선생님이 큰소리로 화를 내셨다.

– 어떻게 숙제를 안 해오지? 어떻게 그렇게 못된 행동은 가르쳐 주지 않아도 잘 배우는 거지? 너희가 실력이 있니? 돈이 있니? 백이 있니? 아무것도 없잖아! 그럼 실력이라도 키워야지!

숙제를 해오지 않은 아이들은 차례대로 불려 나가 손바닥을 맞았다. 그런데 그중 한 아이가 너무 서럽게 울어서 선생님이 수업을 이어갈 수 없었다. 선생님은 우는 아이를 달래느라 수업을 잠시 미루고 이야기보따리를 풀었다.

– 옛날, 옛날, 어느 마을에 두 남자아이가 있었지. 너희 또래였는데 두 아이는 키도 비슷하고, 사는 형편도 비슷하고, 밥도 잘 먹었어. 그런데 한 가지 다른 점이 있었지.

요즘 같으면 이쯤에서 "뭐가 다른데요?", "재미없어요!", "여자애들은 없어요?"라며 열댓 가지 질문이 쏟아질 텐데, 그때만 해도 선생님은 대통령보다 더 실감나게 어려운 존재였다. 아이들은 궁금했지만 입을 꾹 다물고 기다릴 수밖에 없었다.

– 진돌이란 아이는 부모한테 야단맞는 법이 없었어. 왜냐고? 부모가 하라는 건 꼬박꼬박 다 하는 아이였으니까! 진돌이는 시간만 나면 공부를 했어. 하지만 다른 아이, 병구는 어른들 말을 잘 듣지 않고 놀기만 했어. 어쨌든 세월이 흘러서 두 아이는 어른이 됐지. 진돌이는 큰 벼슬자리를 얻어 집안을 잘살게 했지만, 병구는 뭘 해도 안 되는 거야. 왜냐고? 어려서부터 잘한 게 하나도 없

없잖아. 공부를 안 했으니 벼슬은 꿈도 못 꾸지, 소 풀 먹이고 밭일 도우라고 하면 놀기만 했으니 농사일도 할 줄 모르지. 놀러 다니기에만 바빴으니 무슨 일을 해봤겠어? 그러니까 공부든, 숙제든, 일이든, 뭐든 맡은 일은 최선을 다하는 거야! 알았니?

아이들은 모두 고개를 끄덕였다. 선생님의 이야기는 여기서 끝나지 않았다.

– 벼슬을 한 진구한테 임금님이 무슨 상을 내린 줄 아니?

그때 초등학교 육 학년이 아는 상이라고는 우등상, 아니면 개근상이 전부였다.

– 곰비임비 상을 내리셨대.

처음 듣는 단어에 나를 포함한 아이들의 눈이 동그래졌다.

– 하나하나씩, 차곡차곡 쌓아 올리는 걸 '곰비임비'라고 하거든. 진돌이는 시간의 창고에 실력을 곰비임비 쌓아 올린 거지. 마치 은행에 적금을 붓듯이 말이야.

선생님이 말씀하신 '곰비임비'의 시간을 좀 더 근사하게 말하면 '카이로스Kairos'가 된다. 고대 그리스인은 시간의 개념을 크게 두 가지로 보았다. 일반적인 개념의 크로노스Kronos와 특별한 개념의 카이로스. 크로노스는 죽음을 향해 달려가는 시간이다. (제우스의 아버지 크로노스를 생각하면 이해가 빠를 것이다.) 인간은 누구나 태어나는 순간 노화와 죽음을 향해 간다. 크로노스는 빈부의 격차, 성별의 차이, 나이의 적고 많음과 상관없이 하루 스물네 시간, 일 년 삼백육십오 일 누구에게나 공평하게 주어지는 시간이다. 만약 우리에게 크로노스의 시간만 있었다면 인간은 태어나자마자 절망에 빠지고, 소망이나 희망 같은 단어는 날아다니는 새의 깃털만큼 가볍게 치부해 버렸을지도 모른다. 그러나 다행히 우리에게는 카이로스의 시간이 있다. 인간의 모든 조건을 넘어서는 카이로스는 냉정하지만 정직하다. 똑같이 주어진 스물네 시간을 어떻게 사용하느냐에 따라 저마다의 시간 창고에 자원을 쌓을 수 있을지, 없을지가 결정되는 것이다.

매일 아침 출근길 만원 버스, 지하철 안 누군가는, 옆 사람 가방에 짓눌려 숨쉬기도 힘든 공간에서 읽고 외우고 듣는 것을 게을리 하지 않는다. 짧은 시간이나마 헛되이 쓰지 않고 곰비임비의 시간을 보내는 것이다. 그런가 하면 같은 공간, 다른 누군가는 스마트폰으로 게임을 하고, 어제 놓친 드라마를 시청하고, 쇼핑 사이트를 들락거리는 데 열중한다. 이렇게 흘려보내는 시간이 어찌 곰비임비의 시간과 같을 수 있을까.

당신은 명작이다

한번은 도서관 강연에서 만난 아이들에게 색다른 과제를 내주었다. 자신의 얼굴을 글로 자세히 써 보라는 주문에 아이들은 한참을 고민하더니 비장한 얼굴로 펜을 들었다. 그러나 얼마 안 가 울상을 지었다. 이유가 뭘까? 하루에도 수십 번씩 스마트폰으로 셀카를 찍는 아이들인데 왜 그렇게 어려워하고 힘들어할까, 궁금했다. 그리고 잠시 후 그 답을 알 것도 같았다. 이미지를 변형하고 포장하는 데에 능숙했던 아이들은, 있는 그대로의 자신을 설명하기가 거의 불가능했던 것이다. 물론 글로 자신을 포장하는 일은 얼마든지 가능했지만 양심상 그러지 못했을 것이다. 보통은 글을 쓸 때 양심으로부터 덜 자유롭기 때문이다.

아이들은 얼굴을 잔뜩 찡그리다 못해 마치 참회의 시간을 가지듯 한 줄, 한 줄 조심스럽게 적어 갔다. 물론 그중에는 장난처럼 자신을 절세미인으로 묘사한 아이도 있었지만, 대부분의 아이는 솔직하게 담담한 어조로 자신의 얼굴을 설명했다. 그런데 아이들이 쓴 글을 읽으면서 나 또한 깜짝 놀랐다. 온라인 세상은 정체를 알 수 없는 하얀 얼굴과 금발머리, 만화 주인공 같은 달걀형 얼굴들로 그득했는데, 막상 현실에서 아이들이 바라보는 자신의 얼굴은 못나기 그지없었다.

예상 밖 결과에 고개가 절로 갸우뚱해졌다. 아이들이 써낸 글 한 편, 한 편을 읽으면서 의문점은 더욱 깊어 갔다. 아이들은 서로 약속이나 한 듯 자신의 얼굴을 지독히도 못생겼다고 적었다. 하지만 단언하건대 흉측하거나 불쾌감을 줄 정도의 얼굴은 단 한 명도 없었다. 이상한 일이었다. 왜 이렇게 생각하는 걸까?

– 스마트폰의 본인 사진을 전혀 다른 사람처럼 변형시키는 이유가 뭘까?

아이들은 독립 만세라도 외치듯 소리를 질렀다.

– 못생겼으니까요!

– 그 기준은?

– 세상이 원하는 얼굴이요!

– 예를 들면?

아이들의 입에서는 유명 아이돌의 이름들이 줄줄 나왔다.

– 뭐 그 정도는 생겨야 예쁘다는 소리 좀 듣거든요.

– 예쁘다는 얘기를 못 들으면?

– 성형을 하든지, 재벌가에서 태어나든지, 서울대를 가야죠. 그런데 아무 데에도 해당이 안 되니까 뭐 사진이라도…….

이 아이들을 야단쳐야 하나? 안아 줘야 하나? 한마디로 난감했다. 하지만 이내 다른 생각이 들었다. 과연 이러한 현상이 유독 아이들에게 국한된 문제일까 싶었다. 어른이라고 다를까, 확신이 서지 않았다. 어른들도 자신의 진심을 알아보는 방법이 있다. 솔직하게 있는 그대로의 모습을 글로 묘사해 보는 것이다. 아마, 요 몇 년 사이 자신의 겉모습을 사진이나 말이 아닌 글로 적어 본 경험은 거의 없을 것이다.

요즘처럼 스마트폰으로 바로 촬영하고, 수십 가지 형태로 변형할 수 있는 시대에는 무엇이 진품이고, 진본이며, 진짜인지 구분하기 어렵다. 사람들은 원하는 대로 마음껏 바꾼다. 심지어 자신의 모습까지도. 나는 그런 모습을 볼 때마다 외치고 싶다. 이봐요, 작품에 손대지 마세요! 전 우주를 통틀어 하나밖에 없는 당신이 명작입니다, 라고.

꽃처럼 아름다운

따뜻한 봄날, 달리는 버스 창가에 앉아 길가에 무리 지어 피어난 들꽃들을 감상한다. 봄이 오면 겨울내내 얼었던 땅 밑에서 깨어나는 작은 생명들. 아무도 모르게 연둣빛 싹을 틔웠던 들꽃들은 어느새 노랑, 보라, 분홍 색색의 얼굴을 자랑하고 있다. 봄이라지만 한낮의 햇살은 짧기만 한데 꿋꿋하게 제 얼굴을 내밀고 있는 모습이 무척이나 사랑스럽다.

한참을 달린 버스가 자유로를 벗어나 일산으로 들어설 즈음 커다란 표지판이 보인다. 가장 먼저 "꽃보다 아름다운 사람들의 도시, 고양시!"라는 문구가 눈에 들어온다. 일산에 산 지 어느덧 이십여 년이 다 되어 가는데, 나는 여전히 이 표지판을 볼 때마다 불편함을 느낀다. 차라리 '꽃처럼 아름다운 사람들의 도시'라고 했다면 덜 부끄러웠을지 모른다. 고개를 돌려 버스 안을 둘러보았다. 드문드문 졸고 있는 사람들이 보인다. 세상의 한이란 한은 다 품은 듯한 표정들이다. 나머지 사람들은 하나같이 고개를 숙이고 입을 꼭 다문 채로 손에 쥔 스마트폰을 응시하고 있다. 지치고 무기력한 모습만 보자면 우리 인간이, 아스팔트 가장자리에 피어난 들꽃을 보며 감히 '사람이 꽃보다 아름답다!'고 말할 수 있을까?

자리 잡기

어느 문학상 시상식이 열리는 자리였다. 시상대가 놓인 한쪽 가로 방향으로 의자 다섯 개가 놓여 있었다. 문단의 원로들과 주최 측 인사를 위한, 말 그대로 귀빈석이었다. 그런데 잠시 후 주변이 소란스러워지기 시작했다. 들어 보니 귀빈석에 앉으려는 사람이 의자 개수보다 훨씬 많아서 벌어진 해프닝이었다. 같은 문인으로서 그때의 일을 상세하게 말하고 싶지는 않으나 그때 한 가지 느낀 게 있었다. 글쓰기를 업으로 하는 사람이라고 해서 자리에 초연한 것은 아니구나 싶었다. 그동안 살아오면서 알게 모르게 누군가를 밀어내고, 마음을 다치는 일이 얼마나 비일비재했을까. 얻어 낼 것이 많고 취할 것이 더 많은 자리라면 더욱 치열했으리라. 아마 더 먼 과거에는 자리를 놓고 칼을 빼들어 서로의 목을 겨누는 상황도 훨씬 많았을 것이다.

익히 아는 사실이겠지만 하나의 정자는 하나의 난자만 만날 수 있다. 수천만 마리, 최대 일이 억 마리의 정자가 동시에 달리기를 하는 동안 힘들어도 쉴 수가 없고 지쳐도 포기란 없다. 어느 책에 따르면 보통 십오 센티 거리를 사십오 분 안에 미친 듯이 달려간다고 한다. 결국 정자가 성공적으로 난자를 만난다고 해도 자리에 대한 전전긍긍은 끝난 게 아니다. 엄마의 몸 안에서 온전한 생명체가 되기 위해 쉼 없이 움직여야 하는 것이다. 그때마다 엄마는 아기가 발길질을 한다며 흐뭇해한다. 하지만 막상 태어난 이후의 삶을 생각하면 엄마 배 속에서의 자리 잡기는 차라리 행복한 편에 든다. 학창 시절 좋아하는 친구의 옆자리에 앉는 일이나 좋은 짝꿍을 기대하는 것도 사랑스러운 고민에 속한다. '학생'이란 호칭과 결별하는 순간부터 피눈물 나게 처절한 자리 잡기가 시작되는 것이다. '나는 남자라서 자리가 더 중요해.' 또는 '나는 여자니까 자리에 그렇게 집착하지 않을 거야.' 같은 생각은 사라진 지 이미 오래다. 지금은 누구나 생존을 위한 자리 잡기에 필사적이다. 결혼하기 위해, 집을 사기 위해, 가족을 책임지기 위해 꼭 자리를 잡아야 한다. 예전처럼 오래도록 한자리를 차지하던 시절은 다시 오지 않는다. 시간제 아르바이트는 차라리 정직한 일자리에 속하며, 임시직이니 파견직이니 촉탁직이니 인턴이니 하는 온갖 종류의 변칙적인 비정규직을 양산하는 시대에 살고 있으니 말이다.

– 요즘 같은 때에 평생직장은 감지덕지하죠. 정년퇴직할 수 있다고 하면 부모님이 엄청 좋아하실 텐데 이제는 공무원 말고는 그런 자리가 없어요.

– 정년퇴직? 아니, 아니! 십 년 후에 나가도 좋으니, 자식들에게 '여기가 아빠 자리야.'라는 말 한번 해보면 원이 없겠네.

– 십 년? 희망이 너무 과하네! 십 년이면 과분하지. 최소한 오 년만이라도 보장되는 자리라면 식구들 앞에서 목에 힘 좀 줄 텐데. "나만 믿어. 여기가 내 자리거든!" 하면서 어깨 한번 으쓱해 봤으면.

– 오 년이 다 뭡니까? 우선 일 년이라도 매일 출근할 수만 있다면. 숨이 턱밑까지 차올라도 좋으니 지하철역 계단을 두세 걸음씩 뛰어내려 봤으면. 그렇게 살아 있다는 걸 온몸으로 느끼고 싶어요.

– 일 년? 난 오늘 단 하루라도 내 자리를 찾았으면 합니다. 그래야 내일 다시 살 수 있는 자리가 생기니까요.

그런데 실은 이보다 더 큰 문제가 우리의 삶을 파괴할 수 있음을 깨달아야 한다. 이리 뛰고 저리 뛰는 동안 가장 소중한 마음에

틈이 생기는 줄도 모르고 지나칠 수 있기 때문이다. 혹여 나중에라도 부서진 마음 때문에 살아갈 힘을 잃게 된다면 그깟 자리들이 다 무슨 소용이겠는가. 내 마음이 언제 이렇게 갈라졌는지, 마음속 구멍들이 어떻게 생겼는지 알아내려고 해도 뒤늦은 행동일 뿐이다.

마음 자리가 든든해야 먹을 자리도 생긴다. 마음 자리가 단단하면 소박한 밥상도 만찬이 될 수 있기에 더욱 소중히 해야 한다. 고단하고 서러웠던 하루를 마감하면서 지친 마음은 나 자신이 위로해야 한다. 오늘 아무 자리도 찾지 못했다고 슬퍼하며 울지 말자. 울지 않기를 바라는 사람은 누구보다 나 자신이므로.

펭귄처럼

나의 버킷 리스트 몇 가지는 동물과 연관되어 있다. 어릴 때부터 동물을 좋아했던 터라, 부자가 되면 예쁜 강아지들과 오리나 거위 그리고 펭귄을 키워 보고 싶었다. 그래서인지 너른 잔디밭에 (모두 몇 마리가 될지 모르겠지만) 이 녀석들을 함께 풀어놓고 키우는 꿈을 꾼 적도 있다. 물론 지금의 내 현실은 단 한 마리의 강아지조차 허락하지 않는다. 비좁은 아파트에 사는 이유도 있지만 여러모로 혼자 살기도 버거워 도저히 키울 엄두가 나지 않기 때문이다. 대신 집에서 TV 동물 프로그램을 열심히 챙겨 보는 것으로 위안 삼고 있다.

어느 날, 우연히 돌린 채널에서 펭귄의 집단생활을 관찰한 프로그램이 나오고 있었다. 수십 마리의 펭귄들이 얼음 절벽 위에 모여 있었다. 몇 발자국만 더 가면 천 길 바닷속으로 떨어지는 낭떠러지였다. 화면에 시퍼런 색의 바다가 보이자 몇 년 전 기억이 떠올랐다. 노르웨이의 피오르를 여행할 때 배 위에서 바다를 내려다볼 때의 느낌이 아직까지 생생하다. 북극 바다는 대한민국의 점잖은(?) 바다와는 완전히 달랐다. 푸르다 못해 검은빛이 도는데 그 깊이를 가늠하기가 사실상 불가능해 보였다. 하지만 신비로울 만큼 맑아서 보고 있는 내내 공포감이 밀려왔다. 온몸에 소름이 돋을 지경이었다. 수면 아래 깊이 가라앉는 순간 전혀 다른 세상을 만날 것만 같았다. 잠깐이었지만, 고요하고 평온한 적막감에 짓눌리다 못해 숨 막힐 듯 아찔한 두려움에 떨기도 했다. 비행기를 타면 느끼는 공포감과 비슷했다. 창밖으로 펼쳐지는 하얀 구름으로 뒤덮인 세상의 '끝'을 모르는 데서 오는 공포 말이다.

하지만 그런 두려움은 인간에게나 해당될 뿐, 수심이나 파도의 세기 등은 전혀 문제 될 게 없는 펭귄에게 바다란 잘 차려진 레스토랑 같은 게 아닐까? 물속으로 뛰어들어야 먹을 수 있고, 먹어야 힘을 기르고, 힘이 세지면 짝짓기에서 이길 확률도 높아지고, 결국 자신의 새끼를 낳아 키울 수 있으니 말이다.

그런데 화면 속 펭귄들은 시끄러운 소리를 내며 바다로 뛰어드는 것을 주저했다.

–너 먼저 들어가.

–아니, 너 먼저 가.

–난 좀 있다 갈게. 너 먼저 가.

–누가 먼저 안 들어가나? 나도 뒤따라갈 텐데.

–누구든 한 녀석만 먼저 들어가면 되는데.

펭귄들은 아마 이런 식으로 서로의 눈치를 보는 것 같았다. 하지만 굶주림에 지친 녀석들은 오래 생각할 여유가 없어 보였다. 차가운 눈보라는 그칠 기미가 보이지 않았다. 여차하면 애써 찾은 고기 떼마저 놓칠지 모르는 절체절명의 순간이었으나 본능적인 두려움이 녀석들의 앞을 가로막고 있었다. 경험상 바닷속이 배를 두둑하게 불릴 만찬 장소인 동시에 누군가의 무덤이 될 수 있다는 사실을 알고 있는 게 분명했다. 그리고 그런 희생 덕분에 나머지는 풍요로운 만찬을 즐길 수 있다는 사실까지도.

첫 번째 제물은 누가 될까? 제일 먼저 뛰어든 펭귄? 가장 약해 보이는 녀석? 동작이 굼뜬 녀석? 경험이 전혀 없는 어린 펭귄? 먹을거리에만 정신 팔린 녀석? 살집이 두둑한 펭귄? 맨 나중에 들어온 녀석? 가장 덩치 큰 펭귄? 정답은 없다. 그 어느 것도 정답은 아니다. 범고래 같은 포식자의 눈에 가장 먼저 들어오는, 지지리도 운이 없는 녀석이겠지.

과연 어떤 녀석이 가장 먼저 뛰어들까 궁금했다. 시간이 갈수록 초조해져서 쉽사리 자리를 뜨지 못했다. 혼잣말로, 아무라도 좋으니까 어서 용기를 내! 눈 딱 감고 뛰어내려, 하는데 바로 그 때였다. 풍덩! 한 녀석이 용감무쌍하게(이런 말은 이런 때 쓰라고 있는 것이다.) 돌진하는 게 아닌가. 그러자 집단 최면에라도 걸린 듯, 한 놈, 두 놈, 세 놈…… 쉴 틈 없이 절벽에서 뛰어내리기 시작했다. 후유, 초조하게 지켜보던 나는 안도의 한숨을 내쉬었다. 모여 있던 펭귄 수는 점차 줄어들었고 화면은 여전히 얼음 절벽 위를 비추고 있었다. 잠시 후 그곳에는 단 한 마리의 펭귄만 남아 있었다. (암컷인지 수컷인지 알 수 없는) 녀석은 절벽 아래를 힐끔 내려다보더니 어느새 뒤로 물러나 있었다. 그렇게 여러 번 반복하던 녀석은 한자리에서 몇 번이나 날개를 푸득거린 후 한참을 덩그러니 서 있었다. 잠깐 고민하는 듯 보였던 녀석은 결국 돌아서고 말았다. 아…… 그냥 한 걸음만 내디디면 되는데, 이대로 돌아서다니! 나는 당장 화면 속으로 들어가 녀석의 등을 떠밀어 주고 싶은 충동을 느꼈다. 영상은 여기까지였다. 마지막 남은 한 녀석은 어떻게 되었을까? 나는 몹시 궁금했다. 보나 마나 굶어 죽었겠지. 그럴 확률이 가장 높다. 이 얼마나 어리석고 허무한 죽음인가. 미지의 공포에 굴복해 소중한 목숨을 잃다니.

'퍼스트 펭귄first penguin'은 이런 펭귄 무리의 습성에서 유래된 말이다. 불확실하고 위험한 상황에서 가장 먼저 도전함으로써 다른 이들의 참여 동기를 유발하는 사람을 가리킨다. 우리 인생에서 이처럼 꼭 필요한 말이 있을까? 인생은 항상 진행형이다. 막다른 길목에 도착하지 않는 한 우리는 계속 걸어가야 한다. 당신이 배를 탔다면 드넓은 바다를 지날 수밖에 없고, 광야를 건너려면 뜨거운 사막을 통과해야 한다. 먼저 가든, 나중에 가든 도중에 거친 파도를 만나거나 목이 타는 고통을 완전히 피할 수는 없다. 매 고비마다 선택의 순간은 항상 존재한다. 그 선택에 따라 가장 먼저 도전할 수도 있고, 부러움 반, 서글픔 반 자포자기의 심정으로 왔던 길을 되돌아갈 수도 있다. 한 치 앞도 보이지 않는 인생 바다에서 첫 번째 펭귄이 될 것인가, 마지막 펭귄이 될 것인가, 선택은 결국 우리의 몫이다.

아이러니

내가 사는 일산으로 친한 후배가 이사를 왔다. 그리고 얼마 뒤 집들이에 초대를 받았다. 마침 어린이날이었다. 우리는 후배의 외동딸에게 가장 받고 싶은 선물이 무엇인지 물어보았다. 초등학교 오 학년인 아이는 수줍음을 타는지 엄마 귀에 무언가 속삭이고는 제 방으로 숨어 버렸다.

–수줍어서 그런가 봐.

– 요즘 같은 때에 저렇게 부끄러움을 타는 아이가 있네. 역시 애는 애야.

어른들은 아이의 답이 궁금했다. 후배의 말을 기다렸다.

–빤하지 뭐. 스마트폰을 사달라고 했을 거야.

아이 아빠가 웃으며 말하는데 후배가 고개를 저었다. 딸아이가 들어간 방을 흘깃거리더니 아주 작은 소리로 말했다.

– 그게 아니라 화장품을 사달래요.

– 화장품?

화장품! 이른바 '어른'으로 분류되는 우리는 마치 외계어를 처음 통역해 들은 사람처럼 놀라워했다. 후배의 부연설명이 이어졌다.

– 요즘 여자애들 사이에선 화장품이 유행이에요. 그것도 예쁘게 생긴 애들이 더한다니까요.

– 난, 그런 선물이라면 내 자식이라도 안 해줄 거야!

– 그게 어때서? 또래들 하는 거 하고 지내야 나중에 사고 치지 않고 제대로 자란다니까.

– 어머, 만지기도 아까운 그 보들보들한 얼굴에 화학제품이라니…… 어휴, 재앙이다, 재앙!

– 그래? 그러는 너는 허구한 날 그 부들부들한 얼굴에 웬 보톡스?

다함께 마시는 커피 한 잔으로 집들이를 마무리할 즈음, 후배가 옛날 사진첩을 꺼내 왔다. 미모가 상당했던 후배는 이십 대 때 잠깐 모델 일을 했었다. 그 정도로 눈에 띄는 미모였다. 당구를 치러

나간 남자들 덕분에 여자들은 한결 편한 자세로 옛날 사진을 감상했다. 예전에는 로션 하나만 발라도 빛나는 얼굴이었다며 과거의 찬란한 영광을 되짚던 후배는 갑자기 한숨을 내쉬며 말했다.

– 요즘은 화장을 안 하면 쓰레기를 버리러 나갈 수도 없어요.

– 화장만으로 안 되니까 보톡스나 필러를 맞아요. 처음에는 재미 반, 호기심 반이었는데 지금은 중독인 거 같아 걱정이에요.

– 옛날이 좋았어요. 그땐 세수만 하고 청바지에 면 티 하나만 입어도 어딜 가나 예쁘다는 소리를 들었는데.

왜 아니겠는가. 긴 생머리를 고무줄로 질끈 묶고, 착 달라붙는 물 빠진 청바지에 하얀 면 티만 입어도 예쁜데, 여기에 굽 없는 하얀 스니커즈를 신고 군살 없는 날씬한 몸매로 거리를 누비면 주변까지 다 환해졌었다. 아무리 비싼 명품을 몸에 두른다고 해도 그런 생기발랄함과 싱그러움은 당해 낼 수가 없다. 아마 대부분의 여자가 동의할 것이다.

여자들이 화장에 눈뜨기 시작하면, 점점 얼굴에 그림을 그려 넣게 된다. 수채화, 유채화, 색색의 그라데이션까지 하고 나면 각종 주삿바늘과 시술에 눈이 가기 시작한다. 이뿐인가. 입는 것, 신는 것, 드는 것, 매는 것, 걸치는 것, 감추는 것, 줄이는 것, 조이는 것, 온갖 것들로 머리부터 발끝까지 치장을 한다.

TV를 켜면, 스마트폰을 열면, 인터넷 접속만 하면 여자는 얼마나 꾸며야 하고, 얼마나 깎아 내고, 얼마나 걸쳐야 아름다울 수 있는지 알려 준다. 한번은 광고를 보면서 분노가 치밀어 오른 적도 있었다. 만 원 정도 하는 보디로션 광고였다. TV 화면 속 초록 들판은 감탄이 절로 나올 만큼 아름다웠다. 부드러운 햇살 아래 끝없이 펼쳐진 초록 물결은, 엄마와 아이가 서로를 바라보는 눈빛처럼 포근하고 따사로워 보인다. 작은 새들이 날아다니고, 군데군데 분홍, 노랑, 오렌지빛, 보랏빛 꽃들이 피어 있다. 이때 어디선가 등장하는 십 대 소녀. 옷차림은 또 얼마나 정갈하고 순수한지.

그런데 이게 뭐지? 갑자기 휙 돌아선 소녀의 두 눈이 풀어지고, 입술은 반쯤 헤 벌어진다. 풀밭에 누워 교태를 부리는 소녀는 사랑스러운 미소를 마구 날린다. 대체 어쩌라는 말인가? 슬슬 부아가 났다. 하다 하다 이제는 몸에 바르는 로션 하나 파는 데에도 이런 성적인 코드를 넣어야 하나. 무의식중에 광고 속 소녀처럼 예쁘고 섹시해지고 싶은 욕망에 사로잡혀 그 제품을 구입하는 소비자가 나는 아니라고 단언할 수 있을까?

결국은 집들이 참석자 가운데 한 사람이 대표로 화장품을 선물하기로 했다. 집으로 돌아오는 늦은 오후, 지하철 안에서 화장하는 여자를 봤다. 이제는 너무도 자연스러운 풍경. 여자는 갖가지 도구를 꺼내 칠하고, 바르고, 두드리고, 또 칠하고 두드렸다. 예전 같으면 창피해서 엄두가 안 났을 행동들, 또는 누군가 "그런 건 네 안방에서나 해!"라고 소리쳐도 전혀 이상하지 않을 모습인데, 지금은 그런 꾸지람을 할 법한 노인들조차 아무 말이 없다.

문득 몇 년 전 로마에 갔을 때 봤던 미켈란젤로의 다윗상이 생각났다. 없는 시간을 쪼개 바티칸과 로마에 있는 예술품을 섭렵했는데, 그 가운데 가장 충격적이고 감동이었던 작품이 바로 피에타와 다윗상이었다. (바티칸 시스티나 성당의 천장 벽화인 〈천지창조〉와 예배당 제단 위 벽화인 〈최후의 심판〉 또한 감동이었다.) 내가 다윗상 앞에서 입을 다물지 못하고 있자, 가이드 역할을 했던 친구가 말했다.

– 이 놀라운 작품을 본 교황이 감탄한 나머지 미켈란젤로에게 물었대. "겨우 스물여섯 살인 그대가 어떻게 해서 이토록 아름답고 훌륭한 걸작을 만들었는가? 그 비결이 무엇인가?" 그러자 미켈란젤로가 이렇게 대답했대. 아니다, 잠깐, 너는 그 비결이 뭐라고 생각해?

예상치 못한 질문에 나는 잠시 머뭇거렸다. 그리고 이렇게 판에 박힌 대답을 했다.

– 음…… 자신이 가장 이상적으로 생각하는 청년 영웅을 상상하며 조각해서?

– 호호, 아니야. 미켈란젤로는 육 미터에 가까운 거대한 대리석

돌덩이 앞에 설 때마다 다윗이 아닌 것은 다 깎아 버렸대.

다윗이 아닌 것은 버릴 것.

이것이 미켈란젤로의 예술 정신이며, 걸작 탄생의 비밀이었다. 그에 비하면 우리의 모습은 어떤가. 이 미터도 채 안 되는 작은 몸뚱이에 한없이 붙이고 덧대기를 주저하지 않는다. 키 좀 커 보이려고, 가슴 좀 풍만해 보이려고, 얼굴 좀 예뻐 보이려고, 유행 좀 아는 사람으로 보이려고, 좀 있어 보이려고, 여행 좀 하고, 요리 좀 하고, 외제 차 좀 굴리는 사람으로 보이려고 끊임없이 칠하고 덧대고 덧붙인다. 미켈란젤로가 그랬듯이 정녕 내가 아닌 것을 과감히 버릴 수는 없는 걸까? 나 아닌 내가 되기 위해 쉴 새 없이 붙이고, 칠하고, 입고, 걸치다니 이런 아이러니가 또 있을까.

세상 모든 엄마에게

전국으로 강연을 다니다 보면 두 번째로 많이 만나는 사람들이 바로 엄마들이다. 그렇게 자주 어렵지 않게 엄마들을 만나 오다 보니 엄마가 아닌 나도 엄마의 마음을 아주 조금은 알 것 같다. 대다수의 엄마들을 만날 때마다 드는 내 생각은 항상 똑같다. 겉모습이 어떻든 엄마도 여자라는 것.

하루는 지방의 한 도서관 강연에서 만난 엄마가 이런 하소연을 했다. 목소리는 이미 지칠 대로 지쳐 있었다.

– 저도 한때 민낯으로는 현관문 밖으로 한 발자국도 나서지 않았어요. 나름 나 자신에게 엄격하게 했지요. 하지만 '엄마'가 된 뒤로는 모든 게 달라졌어요. 스물네 시간 아이를 품에 안고 보호

해야 하는 엄마로서 피해야 할 게 너무 많았어요. 하다못해 피부가 아무리 건조해도 로션 하나 제대로 바르지 못해요. 갖고 있던 립스틱은 유통기한이 지난 지 이미 오래고, 선크림은 언감생심 그림의 떡이죠!

– 이런 변화가 어디 외양뿐일까요. 식성, 말투, 몸짓, 일상의 리듬, 게다가 인간관계마저 싹 바뀌었지요. 남편은 '아이'와 '아이를 돌보는 엄마' 앞에서 모든 주장과 권리를 포기한 지 오래되었고요. 아이 문제에 있어서는 시댁이고 친정이고 할 것 없이 집안의 어떤 어른도 엄마의 권위에 대항하지 못합니다. 그런데 정작 엄마인 저는 아이에게 무시무시한 폭군이 되어 가고 있으니 어떡하면 좋은가요?

엄마 경험이 전무한 나는 즉각 대답하지 못하고 시간 부족을 핑계 삼아 귀가 후 이메일을 보냈다. 내가 아는 한 도움이 될 만한 모든 지혜를 쥐어짜 보내긴 했으나, 나 스스로 생각하기에도 명쾌한 답은 아니어서 아직까지 기억에 남는다. 자식이란 참 알 수 없는 존재인 것이, 한창때의 젊은 남녀를 '무조건' '부모'로 만들고, '내 아이를 위해서'라는 명제 아래 무릎 꿇기를 주저하지 않게 한다. 그래서 세상 그 어떤 권력자도, 지식인도 엄마에게 감히 맞서지 못한다. 자식을 돌보고 사랑하는 모든 면에 있어서 엄마의 노력과 희생을 따라갈 수 없음을 잘 알기 때문이다.

나 또한 그런 엄마의 정성과 희생으로 자라난 귀한 자식이므로 항상 세상의 모든 엄마를 우러러보고 살아왔다. 한데 객관적인 입장에서 한 가지, 엄마들에게 조언하고 싶을 때가 있다. 간혹, 아낌없이 전부를 내주고 자식에게 원망 어린 소리를 듣는 엄마들을 볼 때마다 매우 안타깝다. 예를 들자면, 아이가 잘못했을 때 야단을 치는 방식부터 문제일 수 있다.

– 도대체 왜 그러는 거야!

– 야!

– 그만 해!

– 내가 너 때문에 미치겠다!

– 에구, 지겨워!

이렇게 소리 지르고 윽박지르는 말투로 아이를 야단치는 경우가 흔한데, 엄밀히 말해 큰소리로 아이를 주눅 들게 하는 것도 문제지만 그보다 말하는 톤이 더 큰 문제일 수 있다. 같은 말이라도 화나거나 흥분한 마음을 누그러뜨리고 애써 목소리를 낮추어 (입술을 지그시 깨물고 참으면서라도) "도대체 왜 그러는 거야? 엄마가 너 때문에 속상해 죽겠다."라고 말한다면 아이는 어떻게 반응할까? 오늘 당장 실험해 봐도 좋다. 그리고 여기서 한 걸음만 더 나아가 이렇게 해보면 어떨까. 아주 잠시만 마음을 가라앉히며 톤을 낮추어 말해 보자. "야! 그만해!"라고 소리치는 대신, 아이의 이름을 부르며 "○○야, 그만해."라고. 아무리 화가 나도 "야!"라고 하지 말고 반드시 이름을 불러야 한다. '야!'라고 불리는 순간, 잘잘못을 떠나 무시당한 느낌 때문에 불쑥 화가 치밀어 오르는 것은 애나 어른이나 매한가지 아닐까. 혼내더라도 아이의 자존감을 건드리지 않는 것이 중요하다. 간혹 "아이 앞에서 그런 생쇼를 꼭 해야 하나요?"라고 되묻는 엄마도 있다. 나는 그럴 때마다 단호하게 "네."라고 답한다. 그렇다. 필요하면 '쇼'도 해야 한다. 쇼가 언제나 부정적이며, 저급한 역할만을 하는 건 아니다. 어떻게 보면 우리는 일평생 쇼를 하면서 산다. 어릴 때에는 누가 시키지 않아도 부모님 앞에서 멋진 쇼를 펼친다. 야단맞거나 매 맞을 위기에서 벗어나기 위한 한 방편이었다. 자라서는 돈독한 우정을 유지하는 데 화해와 용서의 절묘한 쇼가 큰 역할을 한다. 또 그런 과정을 통해 친구 사이의 불필요한 오해를 제거하거나 양보하는 법을 터득한다. 어른이 되어서는 그동안 갈고닦은 능력으로 한 사람만을 위한 쇼를 하고 사랑을 쟁취한다. 그리고 한 사회의 구성원으로서 대인관계를 별 탈 없이 이어 가는 데에도 '생쇼'는 꼭 필요하다. 쇼는 결코 위선이나 가식이 아니다. 삶의 지혜인 동시에 소통과 관계 유지를 위한 비책이라 할 수 있다.

내 아이를 위해 말하는 톤을 조절하고, 순간적인 분노와 짜증을 억누를 수 있는 쇼쯤 왜 못 하겠는가. 이것도 습관이다. 내 조언을 받아들인 어떤 엄마가 말하기를, 처음 몇 번은 '내가 왜 이러고 있나, 엄마도 사람인데 화나고 짜증 나는데 어떡하라고? 야단이라도 치지 않으면 속이 터질 것만 같은데.' 하며 회의가 들었다고 한다. 그러나 그런 감정은 한순간이다. 소리 지르고, 짜증을 내면 낼수록 짜증 지수도 무섭게 올라간다. 아이는 아이대로 스트레스를 받고 정서적으로 불안해진다. 엄마가 짜증 내는 횟수, 강도에 정확히 비례하여 아이는 뒤로, 뒤로, 도망치게 된다.

전문가들은 엄마가 아이에게 소리를 지르는 것뿐 아니라 큰소리로 야단치는 것 또한 정신적, 정서적 학대에 해당한다고 한다. 물론 그런 모습을 보고 누군가 아동학대로 신고하거나 경찰이 달려오지는 않는다. 오히려 이웃집에서는 "에구, 애 엄마가 오죽 힘들면 저럴까?"라며 오히려 측은해할지도 모른다. 하지만 사소한 '큰소리'로 인해 아이가 마음을 다치고 심지어 병을 얻을 수도 있다는 것은 억지가 아니라 사실이다. 영국의 플리머스 대학 심리학과의 마이클 하일랜드 박사가 오십 대 전후의 심혈관 질환, 암, 천식 환자 칠백 명을 대상으로 조사한 자료에 따르면, 어렸을 때 늘 큰소리로 꾸중을 들으며 자란 사람은 그렇지 않은 사람에 비해 천식과 심장병 발생률이 각각 육십 퍼센트, 삼십 퍼센트 높았다. 암 발생률은 평균 칠십 퍼센트나 높은 것으로 나타났다.

정말 엉겁결에 부모가 된 어른들이여, 아이에게 소리치는 순간,

아이의 작디작은 가슴은 백 년이 지나도 회복하기 힘들 정도로 무너질 수 있다. 고래고래 소리를 지르며 혼내는 것은 아이의 인생을 공포의 어둠 속으로 밀어 넣는 지름길임을 알아야 한다. 또한 아무리 잘 먹고, 잘 입고, 질 높은 교육을 받는다 해도 어른들의 짜증스러운 훈계와 분노의 꾸지람은 아이의 마음은 물론이고 몸속 깊이 병균을 강제로 심는 것과 다를 바 없다. 때로는 우리 어른들도 사는 법을 몰라 당황하고, 헤맬 때가 있지 않은가. 인생살이의 고단함을 큰소리로 아이에게 돌리는 실수는 하지 말자.

수학 불안증

삼 년 만에 가족을 만나러 미국에 간 남자가 있다. 이 이야기는 요즘 흔한 기러기 아빠가 겪은 실화이다. 삼 년 만에 가족을 만나다니, 얼마나 설레겠는가. 남자는 고소공포증이 있었지만 비행기를 타는 데 전혀 무리가 없었다. 모처럼 가족이 함께할 수 있다는 기쁨만으로 충분히 이겨 낼 수 있었다. 오랜만에 만난 아이들과 재미있게 놀 궁리에 어린아이처럼 들뜨기까지 했다.

하지만 미국에 도착한 남자는 가족과 함께 있기는커녕 텅 빈 집에서 홀로 자다, 깨다를 반복해야만 했다. 두 아이는 한국에서와 비슷한 생활을 하고 있었다. 방과 후에는 한국인이 운영하는 학원을 다니고 아내는 아르바이트를 하러 다녔다. 실망한 남자는 집을 나섰다. 아는 이 하나 없고, 낯선 땅이었지만 그래도 빈 집을 지키는 것보단 나을 것 같았다. 무작정 걸었다. 행여 수상한 사람이라고 이웃에서 신고라도 할까 봐, 산책 나온 사람처럼 일부러 느긋하게 걸었다. 그런데 얼마 못 가 발밑에 깔린 수상쩍은 종이 한 장을 발견했다. 남자는 허리를 구부려 종이를 집어 들었다. 그리고 소스라치게 놀랐다. 남자가 주운 종이에는 큼지막한 한국어로 '○○ 수학 학원 개강' 문구가 쓰여 있었다.

– 세상에! 미국에까지!

현재 우리나라의 교육 시장은 어떠한가. 학교와 학원은 말할 것도 없고 어린이 책 시장마저 수학을 빼놓으면 문을 닫아야 할 판이다. 문학의 향기 가득한 동화책은 아이들의 마음에서 점점 밀려나는 수모를 겪고 있지만, 수학 관련 책들은 여전히 엄마들의 전폭적인 지지와 사랑을 받고 있다. 어디 우리나라에서만 그런가? 수학을 향한 부모들의 열렬한 구애는 교육열이 높은 아시아에서 특히 뜨겁다. 그중에서도 한·중·일의 수학 사랑은 지나친 감이 있을 만큼 맹렬한 기세로 타오른다. 수학 공부에 대한 그들의 열정은 늘 뜨겁고, 수학은 언제나 우선순위에 있다.

우리에게 '수학'이란 무엇인가? 그 어느 때보다 수학 공부에 관심이 많은 요즘, 얼핏 보면 수학이 학문의 최고봉에 오른 듯하지만, 아니다. 학문과 공부는 엄연히 다르다. 대한민국에 도대체 '학문'이라는 게 있기는 한가? 이런 의미에서 수학은 '학문'에서 추방되어 '공부'의 최고봉에 오른 것으로 봐야 한다. 수학을 감히 학문이라 말하기가 부끄러울 지경이다.

시험공부에 바쁜 아이들은 그 안에 담긴 의미도 모른 채, 알 시간도 없이 온갖 수학 공식을 외워야 한다. 초등학교 때 배운 사칙연산만 알면 살아가는 데 큰 문제가 없을 텐데, 왜 서울 아이부터 제주도 아이까지 똑같이 어려운 수학 문제를 푸느라 아등바등해야 할까.

학문으로서의 수학이 어떤 의미를 가지는지, 하다못해 사전에 나오는 수학의 정의를 말할 수 있는 학생이 과연 몇이나 될까? '수학이란 수량 및 공간의 성질에 관하여 연구하는 학문이며, 대수학 · 기하학 · 해석학 및 이를 응용하는 학문을 통틀어 이르는 말'이라고 자신 있게 말할 수 있는 어른은 또 얼마나 될까?

한자어 '數學'에는 '수에 대해 배우다' 또는 '수에 대한 학문'이라는 의미가 담겨 있다. (원래는 산학算學이라고 하였다.) 그럼 여기서 '수'는 무엇을 의미하는 걸까? '수'는 '일을 하다'라는 의미의 글자와 여자가 머리 위에 물건을 넣은 자루를 이어서 나르는 모양을 나타내는 글자가 합해진 것이라는데, 가정생활을 떠맡았던 여자가 머리에 이어 나른 물건은 쓸모없는 게 아니었을 것이다. 의식주와 관계된 한 가정에 꼭 필요한 필수품이었으리라. 이것으로 미루어 짐작하건대, 예로부터 '수'를 생활하는 데 꼭 필요한 것에 대한 기본단위로 여겼음을 알 수 있다. 그리하여 '수를 배우다'라는 의미의 '수학'은 보다 질서 있는 삶을 위한, 서로 간에 속고 속이는 일 없이 살아가기 위한 근간이라 할 수 있다.

서양에서의 수학mathematics은 '배우는 모든 것', '정신을 수양하는 것'을 뜻하는 그리스어 마테마mathema에서 비롯되었다. 고대인들은 오늘날처럼 수학을 단순히 숫자나 연산만 의미하는 것으로 보지 않았다. 책으로 얻는 지식은 물론 경험으로 터득하는 지혜까지 포함하는 '앎의 모든 것'이 바로 수학이다. 즉 수학이란 셈이나 수를 공부하여 삶의 이치를 깨닫는 학문이라 할 수 있다.

대한민국에서 수학이란 어떤 의미일까? 우리 아이들에게 수학은 어떤 존재일까? 수학을 입시 레이스의 지름길로 설정해 놓은 학원, 과외, 학습지, 인터넷 강의, 경시대회 등은 아이가 넘어야 할 또 다른 장애물이다. 수학 성적으로 전체 순위가 바뀌고 대입 당락이 결정된다는 어른들의 믿음이 시종일관 아이의 어깨를 짓누른다. 싫증과 짜증을 넘어서 수학에 대한 두려움과 걱정, 공포심으로 몸과 마음이 억눌리는 아이들은 종종 고통을 호소하는

데, 실제로 시험 기간에 여기저기 아프다고 할 때 그것을 공부하기 싫은 핑계나 놀고 싶은 거짓말 또는 술책으로만 볼 수 없다고 한다.

미국 시카고 대학의 이안 라이언스 연구팀은 '수학 불안증'이 신체적 고통과 연결된 뇌의 특정 부위를 활성화한다고 발표했다. 수학을 좋아하는 사람과 그렇지 않은 사람 각각 열네 명을 대상으로 수학 문제를 풀면서 느끼는 뇌의 상태 변화를 자기공명영상으로 촬영한 연구 결과에 의하면, 수학 과제가 눈앞에 보이는 순간부터 불안감이 생겼다. 그리고 문제를 다 풀어야만 혼나지 않거나 시험을 통과할 수 있다는 압박감 때문인지 뇌에서 고통을 인지하는 영역의 활동이 활발해졌다. 즉, 수학 불안증이 신경계의 변화로 이어지고 마침내 몸이 정말로 고통을 느낀다는 것이다. 그러므로 가뜩이나 수학을 싫어하는 사람은 수학 시험을 보는 동안이 아닌, 기다리는 시간에 더 큰 고통을 받을 가능성이 크다.

엄마에게는 참 반갑지 않은 뉴스이다. 내 아이가 수학 문제를 단 하나도 풀지 않았는데도 시험지나 문제집을 앞에 두고 고통을 호소하다니! 한마디로 물증은 없는데 심증만 있는 것이다. 아이들은 또 얼마나 답답할까! 분명히 머리가 아프고 위장이 뒤틀리는 듯 고통스러운데 그 원인이 수학이라 말할 수 없으니. 몸과 마음을 아프게 하는 것이 시험이라고 말했다가는 닥칠 형벌(?)이 무서운 아이들은 그냥 참고, 참고, 참는다.

수학 지옥에 갇혀 밤낮없이 단련된 아이는 엄마의 바람대로 어른이 되어서 행복한 삶을 살 수 있을까? 지친 아이의 몸과 마음은 점점 병들어 가는데, 당장 수학 점수 올리기에 인생을 걸어도 괜찮은 걸까? 영어나 수학 점수를 성공하는 인생의 발판쯤으로 여기는 엄마들에게 묻고 싶다. 내 아이 앞에 펼쳐진 백 년 가까운 긴 시간 속에서 그것들이 정말 행복한 삶을 여는 열쇠라고 생각하는지, 또 과거 자신들의 수학 점수가 조금만 더 높았더라면 지금의 삶과 얼마나 달라졌을 거라고 생각하는지.

두 여자

1866년, 미국 매사추세츠 주 피딩힐스의 어느 가난한 집에 한 여자아이가 태어났다. 조앤나 맨스필드 설리번 메이시*란 이름의 아이에게 가난은 불행의 시작일 뿐이었다. 어린 조앤나는 종종 알코올 의존자 아버지의 무자비한 폭력에 시달렸고, 다섯 살 때에는 트라코마 바이러스에 감염되어 시력장애가 생겼다. 그대로 두면 완전히 눈이 멀게 된다고 의사가 경고했지만 가난한 엄마는 조앤나를 두고 볼 수밖에 없었다. 그 뒤로 조앤나의 동생이 둘이나 더 생겼는데, 알코올 의존자 아

* Johanna Mansfield Sullivan Macy, 1866-1936

버지는 집에 없는 날이 더 많아서 먹고사는 문제가 시급했다.

그래도 조앤나는 행복했다. 아버지에게 매 맞는 날이 줄어들고, 가난하지만 온기를 나눌 수 있는 엄마와 동생들이 있어 우는 날보다 웃는 날이 더 많았다. 그러나 이런 위태로운 행복도 오래 가지 않았다. 결핵을 앓던 엄마는 일곱 살 조앤나에게 어린 두 동생을 맡긴 채 세상을 떠났다. 어린 삼 남매에게 남겨진 유산은 단 두 가지였다. 밥도 못 먹을 정도의 가난과 치료할 수도 없는 결핵. 삼 남매 모두 결핵 환자인 채 고아가 된 것이다.

유일한 보호자인 아버지는 술에 취해 세 아이를 친척에게 맡긴 채 어디론가 떠났다. 설상가상 그 집도 하루 세끼 먹고살기 힘든 곳이었다. 결국 세 아이 중 그나마 건강한 편인 여동생만 남겨지고 남동생인 지미와 조앤나는 매사추세츠 주립 병원 앞에 버려졌다. 두 남매는 사람들의 도움으로 겨우 죽지 않을 만큼의 열악한 환경에서 살아갔다. 조앤나는 지미의 생명을 위태롭게 하는 결핵을 치료하느라 모진 고생을 했지만 겨우 다섯 살배기 어린 동생은 영양실조와 결핵을 이기지 못하고 먼저 하늘나라로 갔다.

이후 조앤나는 신부님과 여러 사람의 도움으로 수차례 위기를 겪으며 눈 수술을 받았다. 완벽하지는 않지만 더 이상 나빠지지 않는 시력을 가지게 되었으며 (평생토록 사물이 둘로 겹쳐 보이는 장애는 어쩌지 못했다.) 시각장애인 학교에 입학해 수석으로 졸업

했다.

훗날 앤 설리번으로 더 많이 알려진 조앤나는 헬렌 켈러가 일곱 살이 채 되기 전에 그녀를 만났다. 헬렌 켈러는 자신의 책에서 "일생을 통틀어 가장 중요한 날이 있다면 바로 이날, 내가 앤 설리번 선생님을 만난 날이다."라고 기록할 만큼 두 사람은 특별한 사제지간이었다. 스승인 앤이 헬렌 켈러에게 쏟아부은 사랑과 인내는 감히 부모도 할 수 없는 헌신이자 희생이었다. 처음에 수돗물을 틀어 놓고 그 밑에 헬렌의 작은 손을 가져다 대며 'WATER'라는 다섯 글자와 물의 느낌을 알게 하는 데 석 달이란 시간이 걸렸으니 말이다.

스승은 마치 귀중하고 아름다운 한 알의 시를 뿌리고 가꾸듯 제자를 가르쳤다. 단지 읽고 쓰고, 혼자 살아가는 방법을 가르치는 게 다가 아니었다. 앞이 보이지 않는 헬렌에게 보이지 않는 영혼, 마음, 생각, 느낌, 감정, 빛과 색깔, 그리고 바람과 시냇물, 흙내음이 무엇인지 깨닫게 해주었다. 어찌 보면 앤의 이러한 노력은 '듣고 보고 말하기'를 완벽하게 거절당한, 삼중고의 고통을 겪는 아이에게 헛된 일로 여겨졌을지도 모른다. 그리고 헬렌 또한 '이런 건 배워서 뭐하나?'라며 혼자 살아갈 최소한의 지식만 습득하면 그만이라고 생각했을 수도 있다. 그랬다면 서로가 그토록 사랑하다가도 증오할 정도로 으르렁거리고, 정신없이 웃다가도 서로를 부둥켜안고 미친 듯이 통곡할 이유도 없었을 것이다.

하지만 앤의 생각은 확고했다. 병으로 죽은 (사실 치료할 돈이 없어서 죽은) 엄마와 지미 생각에 헬렌의 교육에 더욱 헌신했는지도 모른다. 글자도, 사물도 둘로 보이는 악조건 속에서도 두 손에서 책을 놓지 않았던 이유가 있었다. 한 사람을 제대로 세운다는 것은 곧 좋은 씨앗 하나를 좋은 땅에 심는 것이라는 신념 때문이었다. 씨앗이 자라 줄기가 나고 잎이 무성해지면 새들이 날아와 집을 지을 테고, 마침내 달고 맛난 열매가 주렁주렁 맺힐 것이 분명했다. 또 그 열매가 배고프고 목마른 이들의 배를 채우고 갈증을 풀어 주며, 수많은 씨앗이 또다시 뿌리를 내리고 나무가 되어 열매가 열리는 것을 반복하리란 신념은 굳건했다.

만약 앤 설리번이 가슴속에 세상을 향한 원망을 품은 채로 두 손에는 절망과 분노만 움켜쥐고 모질게 살았다면 헬렌 켈러는 어떻게 되었을까? 아마 시대와 세대를 초월해 우리에게 차별과 편견을 뛰어넘을 수 있는 용기를 몸소 보여 준 헬렌 켈러는 없었을 것이다.

그리고 여기 또 한 여성이 있다. 앤 설리번의 나이 쉰 살 무렵인 1915년, 프랑스 파리의 빈민가에서 한 여자아이가 태어났다.

에디트 지오바나 가시옹•이란 이름의 아이는 길에서 태어났다는 말이 떠돌 만큼 극한 가난 속에서 자랐다. 심한 영양실조로 각막염을 앓는 바람에 눈이 제대로 보이지 않아 완전히 실명될 뻔하기도 했다. 아버지는 거리의 곡예사였고, 이탈리아와 북아프리카계 혼혈인 엄마는 거리에서 노래를 불렀다.

에디트는 세상에 태어난 지 얼마 되지 않은 때부터 버려지고, 또 버려졌다. 매춘업을 하는 할머니의 가게에서 지내기도 했지만, 결국 엄마처럼 거리에서 노래를 하며 하루하루를 이어 나갔다. 이때 한 남자를 만나 사랑하고 아이까지 낳았지만 아이가 병들어 죽으면서 사랑도 산산조각 났다. 이 시기의 아픔은 에디트의 마지막 순간까지 계속되는 불행한 사랑을 예고하는 전주곡이나 마찬가지였다.

하지만 가수로서의 행운은 활짝 열렸다. '백사십이 센티의 작은 키, 노래하는 작은 새(참새), 에디트 피아프'로 이름을 떨치게 된다. 아무리 즐거운 노래도 구슬프고 처연한 목소리의 에디트가 부르면 가슴을 저미는 듯한 슬픔이 전해졌다. 빛나는 조명과 환호성 속에서 깡마른 몸, 검은 옷차림의 에디트는 스타로 떠올랐고, 무대 밖에서는 사랑과 이별을 반복했다.

• Édith Giovanna Gassion, 1915–1963

– 그 사람이 나를 품에 안고 가만히 속삭일 때, 세상이 장밋빛으로 보여요. 언제나 같은 말이라도 나는 정신이 어떻게 되고 말지요. 내 마음속에 행복의 분신이 돌아온 거예요. 그 까닭을 나는 잘 알고 있어요. 그분은 내게 '나를 위한 그이, 그이를 위한 나'라고 했어요. 목숨을 걸고 맹세해 주었죠.

무명 가수 이브 몽땅●과 사랑할 때의 기쁨을 〈장밋빛 인생〉이란 노랫말로 만든 에디트. 그러나 에디트를 통해 유명해진 이브 몽땅은 그녀를 떠났고, 사랑에 대한 에디트의 갈망은 점점 커졌다. 끝없이 사랑에 목말라한 에디트는 많은 남자들을 만났지만 그들 대부분은 오래 머물지 않았다. 그러다 마침내 에디트 자신이 '내가 평생 사랑한 남자는 단 한 명!'이라고 말한 남자를 만난다. 권투 선수인 마르셀 세르당.●● 아이가 셋이나 있는 유부남이었는데도, 에디트는 아랑곳하지 않았다. 마치 엄마를 찾는 아이처럼 사랑을 갈구한 끝에 찾아낸 사랑이었다.

이제 에디트는 사랑하고 노래하는 것으로 행복해질 일만 남은 듯했으나, 에디트를 만나러 오던 마르셀 세르당이 비행기 추락 사고로 곁을 떠나고 만다. 그 뒤로도 몇 번의 결혼을 하지만 에디

● Yves Montand, 1921–1991

●● Marcel Cerdan, 1916–1949

트는 누구하고도 오랜 인연을 이어 나가지 못했다. 게다가 수차례의 교통사고와 후유증으로 인한 고통을 줄이려고 시작한 모르핀에 중독되어 마침내 마흔일곱의 나이로 숨을 거둔다. 가톨릭 신자였던 에디트는 자신의 장례가 가톨릭식으로 치러지길 원했지만, 교단은 그녀의 삶이 불명예스럽다며 거부하였다. 대신 온 국민이 장례식에 참석하여 마치 국민장처럼 치러졌다.

앤 설리반과 에디트 피아프. 유년의 모습이 너무도 닮은 두 사람. 물론 누구의 인생이 더 빛나고 가치 있다고 단정 지을 수는 없다. 저마다 최선을 다해 후회 없는 길을 걸어갔으니까. 그러나 내가 엄마라면, 두 사람이 내 딸이었다면 조금 다르게 보이지 않을까. 앞으로 다섯 살, 열 살, 열다섯, 스물, 스물셋…… 내 아이가 점차 더 큰 세상으로 나아가야 할 때, 바다는 늘 잔잔하고, 태양은 빛나고, 적당히 내리는 비에 풍성한 먹을거리만 있다면 무엇이 문제겠는가. 그러나 지금껏 우리가 살아온 날만 생각해 봐도 전혀 그렇지 않을 것이다. 단 한 번의 소낙비도 없고, 거친 파도와 몰아치는 눈보라가 없는 인생은 그 어디에도 없을 테니까.

사과

한 시간 반가량의 강연이 끝나면 아이들은 기다렸다는 듯이 책이나 노트, 심지어는 연습장을 부욱 찢어서 달려온다.

– 선생님, 사인해 주세요!

– 내가 먼저야!

– 저는 세 장이요! 친구들 주게요!

마치 엄마 품에 달려드는 아이들 같다. 저희끼리 부딪히고 밀리는 바람에 넘어지는 아이도 있고, 더러는 다투는 아이들도 생긴다. 나는 하도 말을 많이 해서 입에서 단내가 날 지경인데, 아이들은 아랑곳하지 않고 사인을 받겠다며 정신없이 달려든다. 게다가 사인을 받고 나면 기념사진을 찍는다며 또 한 차례 부산을 떤다. 그러니 강연이 끝나도 화장실에 가는 것은 꿈도 못 꾼다. 내가 초등학교에 다닐 때만 해도 작가와의 만남은 상상도 못한 시간이었는데, 요즘 아이들에게는 연예인을 만나듯 흥분되고 신나는 일인가 보다.

나에게는 이런 자리가 참 소중하다. 내가 쓰는 책의 잠정적 주인공이 아이들이다 보니 나는 그 어떤 아이도 그냥 보내지 않는다. 또 나처럼 나이 많은 사람이 어디 가서 이런 아이들과 일대일로 대화를 나누겠는가 싶어 가급적이면 이 시간을 즐기려고 한다. 사인을 하느라 양손을 부지런히 놀리는 가운데 아이와 눈을 맞추며 대화를 시도한다.

– 이름은? 몇 학년?

– 형제는 어떻게 되니?

– 꿈은 뭐죠?

– 요즘 고민은 뭘까?

– 남자 친구는? 여자 친구 있어?

– 이제 학교에서 나가면 어디로 갈 거죠?

순간순간 상황에 따라 반말과 존댓말을 적절하게 바꿔 질문한다. 그러다가 가끔은 외모를 칭찬하기도 하는데, 제 나름대로 한껏 멋을 부린 여학생에게는 그 옷차림이나 장식품이 예쁘다고 말해 준다. 또 단단한 몸매에 신경을 쓰는 듯한 남학생에게는 그에 맞는 칭찬의 말을 준비한다.

그리고 이런 자리에서 절대 하지 말아야 할 질문 몇 가지가 있다. 첫째, 부모에 대해 묻는 것이다. 나는 아이가 엄마 아빠에 대해 먼저 말하지 않는 이상 절대로 묻지 않는다. 둘째, 키나 몸무게에 대해 묻지 않는다. 요즘 아이들의 외모에 대한 집중도는 연예인 지망생만큼이나 높다. 선의에서 아무리 좋은 말을 해도 자칫 왜곡되게 들릴 수 있고, 그런 조언은 그야말로 '재수없는 지적질'이 되어 아이의 마음에 큰 상처를 주기 때문이다. 이것은 십여 년 넘게 강연을 해오면서 나 스스로 정한 불문율이며, 초·중·고 모두 똑같이 적용된다. 그 덕분에 전국을 무대로 한 나의 강연은 지금까지 별 문제없이 순조롭게 진행되어 왔다.

그런데 딱 한 번, 나도 모르게 이 불문율을 깨뜨릴 뻔한 일이 있었다. 강연 노하우가 차곡차곡 쌓여 더는 걱정할 게 없다고 여기던 무렵의 일이다. 그날도 평소처럼 아이들과의 즐거운 만남을 마치고 합정동 작업실로 돌아가는 길이었다. 동행한 출판사 사람과 차 안에서 이런저런 이야기를 나누고 있었다.

– 선생님, 오늘 만난 아이들은 다른 지역 아이들보다 더 순진하고 귀여운 것 같아요.

– 파란 모자를 쓴 남자아이는 강연 내내 노인처럼 잔기침을 하

던데, 몸이 아주 안 좋은 것 같던데요.

– 어휴, 맨 뒷줄에 앉아 있던 여학생 셋은 마치 대학생처럼 크던데요? 질문 시간에 그중 한 학생이 앞으로 나와서 선생님 옆에 서 있는데 한 뼘 이상 키 차이가 나니까 아이들이 어찌나 웃던지…….

– 그래도 오늘은 아이들이 대부분 책을 읽고 와서 강연하기가 참 즐거웠어요.

홀가분한 기분에 도로 사정도 좋아 차 안 분위기는 더할 나위 없이 좋았는데, 갑자기 걸려 온 전화 한 통에 우리는 급 침울해졌다. 무거운 목소리의 주인공은 조금 전 강연을 마친 학교의 도서관 선생님이었다. 통화가 끝난 뒤 나는 바로 몇 시간 전의 일을 담담하게 되짚어 보았다.

교실에서 백여 명이 넘는 아이들에게 차례대로 사인을 해주고 있었다. 나는 잠깐씩 짬을 내어 아이들에게 일부러 말을 걸었다. 그중 어느 여자아이에게 이런 칭찬을 했다.

– 외모가 참 멋지구나. 이국적인 느낌이야. 책을 많이 읽으렴. 그럼 더 멋지게 자랄 거야.

육 학년이라는 그 여학생의 피부가 마치 선탠을 한 듯 건강하게 빛나고 있었다. 그 어떤 편견도 없는 진심이었는데, 이 한마디가 문제였다. 그동안 강연을 통해 다문화 가정의 아이들을 많이 만났고, 그런 만큼 자연스럽게 나온 말이었는데, 나도 모르게 상처를 주고 만 것이었다. 나는 재빨리 도서관 선생님이 알려 준 번호로 전화를 걸었다. 예상대로 어머니의 목소리는 냉랭했다.

– 아이가 상처받았어요. 가뜩이나 까만 피부 탓에 열등감이 있는데 이국적이라니요. 앞으로 말조심하세요!

나는 아주 잠시 동안 아무 말도 하지 못했다. 말 그대로 심장이 바닥까지 툭 떨어지는 기분이었다. 하지만 이내 마음을 가다듬고 진정으로 사과의 뜻을 전했다. 그 어머니는 마침내 용서해 주었지만, 내가 아이와 통화하고 싶다고 하자 단호하게 거절했다. 물론 아이 입장에서는 나와 통화하는 일이 당장은 내키지 않았을 것이다. 내 마음도 여전히 편하지 않다. 아이에게 직접 용서를 구하고 이해를 바랐어야 했는데, 결자해지하지 못해서 그런지 지금껏 안타까운 기억으로 남아 있다. 가장 좋은 방법은 자신에게 상처 준 사람의 진심 어린 사과를 받아들이는 것인데 (사과하는 사람이 어른이라면 더더욱 이 과정이 중요하다.) 이마저 안 된다면 아이의 상처는 어른이 된 후에도 꽤 오래 남을지 모르겠다. 물론 그렇지 않기를 바라지만.

유쾌한 그녀

그녀의 나이는 서른 후반이다. 혼자 사는 사람들이 대개 그렇듯 여자는 나름대로 노후 대책을 철저히 세워 놓았다. 성실하게 저축을 하고, 간간이 문화생활을 즐기며 몸과 마음 모두 건강하게 살고 있다. 이 모습을 보고 주변의 결혼한 친구들은 (그녀의 친구들은 사회생활을 하느라 대부분 서른을 넘겨 결혼을 했다.) 그녀의 밝고 절제 있는 모습에 아낌없이 박수를 쳐 주었다. 게다가 괴롭고 힘든 일이 생기면 어느 때이고, 전화하고 새벽에라도 찾아가 하소연할 수 있다는 점은, 그녀가 가진 가장 매력적인 부분이었다. 친구들에게 그녀는 부담 없이 하룻밤 신세 지고, 밥도 얻어먹을 수 있는 유쾌한 피난처나 다름없었다. 그녀 또한 그런 일이 있을 때마다 '딸린 식구 하나 없는 자유의 몸인 덕분에 얼마든지 친구들을 맞아들일 수 있구나. 혼자 사니 이런 점이 좋아!'라며 즐거워했다. 하지만 이런 그녀에게도 조금씩 변화의 조짐이 일었다.

보통은, 결혼한 친구들과 한데 모이면 시댁 식구와의 갈등, 남편 흉보기, 아파트 전세 탈출 작전, ○○ 백화점 행사 정보 등등이 주요 화젯거리였다. 이에 질세라 그녀 또한 직장 내 갈등이나 남자 친구 흉보기, 전세 오피스텔에서 탈출하기, 인터넷 쇼핑몰의 세일 정보 등을 꺼내며 맞불 작전을 폈다. 덕분에 결혼한 친구들과의 대화에서 소외감을 느낀 적도 없었고, 마흔을 바라보는 미혼녀의 쓸쓸한 심정을 느낄 새도 없었다.

그런데 어느 순간 두 집단(?)의 대화에 두꺼운 벽이 생기기 시작했다. 아이를 낳고 키우는 친구들이 모임에 참석하면 간단한 육아 상식부터 교육 설계와 투자, 해외 조기 유학 등이 화제의 중심에 올랐다. 아이가 대소변을 가리기 시작해서 행복하다는 친구, 말 못 하던 아이가 어느 날 갑자기 아빠를 불렀다며 황홀경에 빠진 친구, 아이가 유치원에서 영어를 제일 잘한다며 으스대는 친구, 침 범벅 그림을 들고 와서 제 자식이 천재라고 우기는 친구, 아이가 독감 예방주사를 맞으며 우는 소리 한 번 내지 않았다고 자랑하는 친구 등등 아이를 키우지 않으면 절대 경험할 수 없는 이야기가 대부분이었다. 그녀는 이때부터 입이 있어도 말을 못 하고, 듣기 싫어도 들을 수밖에 없는 처지에 놓였다. 결국 고민 끝에 한 가지 꾀를 내었는데, 바로 강아지를 키우는 것이었다. 친구들이 전처럼 제 자식 자랑을 할라치면 그녀 또한 목소리를 한층 높인다.

– 오늘부터 우리 똘똘이가 대소변 가린다! 아침마다 똘똘이가 나를 깨워! 글쎄, 어저께는 똘똘이 데리고 슈퍼 가다가 큰 진돗개를 만났는데 겁내지도 않고 왕왕 짖더라고!

그녀는 다시 행복해졌고, 전처럼 수다스러워졌다. 너무도 씩씩하고 유쾌하게 잘 살아가고 있는 그녀에게 무조건 박수를 보낸다.

졸음

이십여 년 가까이 강연을 하러 다니면서 터득한 사실이 하나 있다. 초등학생은 결코 졸지 않는다. 통통 뛰는 맥박수만큼 말하고, 웃는다. 때로는 수면제라도 먹여서 잠잠하게 하고 싶을 만큼. 하지만 그런 초등학생도 중학생이 되면 졸음을 참지 못한다. 연예인이라도 앞에 있으면 모를까, 그 누가 와도 졸리면 자야 한다. 특히 교장선생님이나 국회의원 앞에서는 더 참지 못한다. 두 눈을 감고 모든 것을 차단해 버린다.

그랬던 아이들이 대학생이 되면 집단 최면에 걸린 사람처럼 아예 대놓고 잔다. 중학생의 반항심조차 없다. 눈 뜰 힘조차 없어 보인다. 늘 잠이 부족하다고 투덜거리는 어른들은 더하다. 일하느라 눈코 뜰 새가 없어서 그런지 서서도 잘 잔다. 버스가 급회전을 해도, 만원 지하철 안에서도 끄떡없다. 월급날에 대한 희망 하나만으로 어떤 상황에서든 굳세게 잘 잔다. 지금 졸고 있는 사람이 있다면, 필시 둘 중 하나다. 중학생처럼 일부러 눈을 감고 있거나 돈과 함께 늙어 가고 있거나.

사랑하시오

음악 다큐멘터리 〈브에나비스타 소셜 클럽〉* 에는 많은 음악가들이 등장한다. 그들 대부분이 예순을 훌쩍 넘긴 나이이다. 심지어 여든을 넘긴 이도 있다. 그 가운데 천재적인 기타리스트이자 보컬리스트인 콤파이 세군도** 가 유독 기억에 남는다. 여든이 넘어 첫 음반을 내고 낮에는 이발사, 밤에는 밴드 멤버로 살았던 노신사는 중절모를 쓰고 시가를 물고 다니는 멋쟁이였다.

나에게 무슨 일이 일어났는지 모르겠어. 잠시도 당신을 잊은 적

* Buena Vista Social Club, 1999
** Compay Segundo, 1907–2003

이 없어. 당신과 함께 있지 않았다면, 나는 어떻게 됐을지 모르지. 사랑에 빠져서 이렇게 사는 것이 좋아. 내가 찾아낸 이 사랑은 나를 행복하게 해주네. 당신과 멀리 떨어져 있다는 것을 알지만 잊을 수가 없어.

당신의 마음속에 나를 위한 자리가 있다는 것을 알아. 저기 저 꽃은 당신을 위해 심었다는 것을 알게 될 거야. 언젠가 당신에게 내 마음을 주었을 때에…….

이 노래는 콤파이 세군도가 몇 년 전 프랑스 공연에서 스페인 여가수, 마르띠리오와 함께 부른 노래다. 노랫말은 흔하디 흔한 사랑 타령이지만, 이 노래를 듣는 우리의 가슴이 뜨거워지는 이유는 따로 있다. 청춘의 사랑을 노래하는 아흔 살의 노인, 콤파이 세군도 때문이다. 음악에 대한 뜨거운 열정은 물론이고 당장이라도 사랑하는 여인에게 무릎 꿇고 절절한 사랑을 토로할 것 같은 요동침이 느껴진다. 그 모습에 감탄한 내 입에서 무심코 "아니, 저 나이에 어떻게……." 하는 소리가 흘러나왔다. 그러고 보니 그동안 지겹게 들어온 말 중 하나가, "이 나이에 무슨……." 하는 말이다. 이 나이에 무슨 사랑? 이 나이에 무슨 감정? 이 나이에 무슨 계획? 타고난 겁쟁이라 그런가, 아니면 너무 일찍 인생의 울컥한 맛을 질리도록 맛보아서인가.

어느새 올해의 반절이 지나가고 있다. 나는 이제야 정신을 차린 듯 밥을 먹으면서, 술을 마시면서, 세수를 하면서, 버스 안에서 흔들리면서, 대형 할인점의 쇼핑 카트를 밀면서 주절댄다.

– 세월 잘도 간다.

그리고 어느 순간 거울 속 내 모습에 화들짝 놀란다.

– 내가 벌써 이렇게 됐단 말인가? 그동안 뭘 했다고? 손에 잡힌 것도 없는데? 더는 잡을 것도, 잡을 만한 힘도 없는데?

나는 슬픈 얼굴로 콤파이 세군도에게 묻는다.

– 나도 당신처럼 살고 싶은데, 무슨 방법이라도?

이 말에 시원스레 웃음을 터뜨린 콤파이 세군도가 다정하게 말한다.

– 사랑하시오.

– 뭘요?

– 전부! 모두! 몽땅! 당신의 구두 밑창을 뚫고 들어오는 작은 돌조각, 어쩌다 모여 한자리에서 식사하는 당신의 가족, 한겨울, 세일 때 산 서늘한 여름 양복, 당신의 머리 위에 한결같이 떠 있는 하늘과 구름까지. 한 번도 당신 곁을 떠나지 않고 꼭 붙어 있는 당신의 심장, 당신의 넓적한 베개, 충실히 견마지로의 의무를 다하는 지하철, 당신의 싱거운 소주, 당신의 쌍꺼풀 없는 두 눈, 당신의 힘없는 신용카드, 전화하면 바쁜데 왜 전화하느냐고 괜히

타박하는 부모님, 당신을 피해 다니는 동네 강아지까지 모두 사랑하시오!

너 좀 맞아야겠다

시내버스를 타면 나도 모르는 사이 번뜩이는 눈을 하게 된다. 재미난 '글거리'를 찾느라 사냥꾼처럼 매섭게 사방을 쏘아보기 때문이다. 그렇게 하면 방금 전까지만 해도 내가 속해 있던 평범한 세상이, 유리창 너머 전혀 다른 세상으로 보이니 참으로 색다른 경험이다.

지난주에는 버스를 타고 오는데 마주 오는 좌석 버스의 광고판이 눈에 들어왔다. 노란 바탕에 엄청나게 큰 글씨로 이렇게 쓰여 있었다.

너 좀 맞아야겠다!

순간적으로 웃음이 터져 나왔다. 주변 시선도 아랑곳하지 않고 혼자 키득댔다. 단언하건대 저 말은, 다른 나라에서는 모르겠으나 적어도 대한민국에서만큼은 엄마들이 가장 많이 하는 말, 열 손가락 안에 들 것이다. 그러니 이 말을 어디에 써먹든 표절 시비는 절대로 염려하지 않아도 되겠다. 자기 자식이 운동화를 물어뜯거나 아무 데나 똥오줌을 누는 강아지가 아닌데도 툭하면 “너 좀 맞아 볼래?”, “맞아야 정신 차릴래?”, “맞고 할래? 그냥 할래?”라고 엄포를 놓는 엄마들. 물론 그렇다고 자식을 두들겨 패는 정신 나간 엄마는 어디에도 없다. 제 입술을 꽉 깨물고 참는 엄마는 많아도. ‘너 좀 맞아야겠다!’라는 말의 숨은 의미는 자녀에게 용서의 기회를 준다는 것이다. 아량을 베풀어 한 번만 더 참겠다는 신호인 동시에 다음번에는 정말로 매를 들겠다는 경고의 메시지도 되는 것이다. 문득 궁금해졌다. 엄마들은 언제 저런 말을 할까?

– 방 좀 어지럽히지 말랬지? 정말 말 안 들을래?

– 어서 일어나! 맞아야 일어날래?

– 전화 좀 그만 끊어! 확 뺏어 버린다! 맞을래?

– 엄마한테 자꾸 대들래?

– 좀 컸다고 엄마한테 살살 거짓말이나 하고. 언제 정신 차릴래?

정말 사소한 일상의 문제로 속이 터지고 뭉그러지는 엄마들.

모두 '저 잘되라고' 하는 소리인 줄도 모르고 한낱 잔소리로 치부해 버리는 아이들을 보면 속이 쓰리다 못해 찢어진다. 그런 속뜻도 모르고 엄마를 '잔소리 대마왕, 철천지원수徹天之怨讐'처럼 여기는 아이들. 철천지원수라는 말이 '하늘에 사무치도록 한이 맺히게 한 원수'라는 뜻인 줄 알고나 있는 걸까. 물론 그 철천지원수가 차려 주는 따뜻한 밥상을 마다하는 아이는 없을 것이다.

"너 좀 맞아야겠다"고 언제나 기세 좋게 선전포고를 하는 쪽은 엄마지만, 그 기세를 몰아 자식을 이겨 먹는 엄마는 없다. 단지 내 자식이 한 단계 더 올라갔으면, 좀 더 넓은 세상으로 나아갔으면 하는 바람들이 만들어 낸 실속 없는 공갈 협박에 지나지 않기 때문이다. 그래서 엄마는 오늘도 질 게 뻔한 이상한 게임을 멈추지 않는다.

남자의 배

요즘처럼 살기 힘든 때에 중년 남성의 배가 꺼지기는커녕 산달을 기다리는 임산부처럼 점점 부풀어 오르는 이유가 뭘까? 커다란 수박 절반을 딱 잘라 엎어 놓은 모양의 저 배 속에는 도대체 뭐가 들어 있을까? 좀처럼 답을 구하지 못한 나는 급기야 남의 집 귀한 가장의 배에 손을 대고야 말았다. 날쌘 고양이가 재빠르게 앞발을 놀리듯 툭 건드려 보았다. 그리고 물었다 .

– 도대체 이 속에 뭐가 들었기에 이렇게 부풀었담!

– 아마 간이 나빠 그럴 거야. 사십 년 넘도록 마셔 온 분노와 허탈, 부끄러움 덩어리이지, 뭐가 있겠어. 바람 든 무 속 같은 거지.

배불뚝이 가장은 말이 끝나기가 무섭게 담배 연기를 사정없이 빨아들인다. 아마 오늘도 거북이 등딱지처럼 부풀어 오른 배 속으로 기운차게 술을 들이붓겠지. 하지만 처음 결심은 분명 달랐으리라. 뉘엿뉘엿 해가 기울면 '오늘은 무슨 일이 있어도 꼭 일찍 들어가야지.' 하고 어제와 다름없이 결의를 다졌겠지만, 작정하고 술 권하는 사회가 그냥 놔둘 리가 있겠는가. '업무의 연장', '팀워크 강화', '친목 다지기' 등등의 온갖 명분을 내세워 술 마시기를 강요했을 것이다. 그 덕분에 배불뚝이 가장들은, 오늘 아침 "이제 술 담배 끊고, 아침마다 공원도 뛰고, 일찍 들어가 마누라랑 아이들이랑 이야기도 나누면서 알콩달콩 살아봐야지"라고 다짐했던 순간조차 한순간의 꿈으로 기억한다. 시간을 담보로 잡힌 고단한 하루가 점점 삶을 갉아먹는 동안, 손톱만치 남아 있는 삶의 아름다운 욕망마저 술과 함께 배 속으로 흘러내리고 만다 .

배불뚝이 가장은 술집 화장실을 몇 번이고 들락거리며 지저분한 거울에 비친 제 얼굴을 보며 희죽 웃는다 .

– 저놈이 뉘 집 아들이지? 정말 못생겼네. 어이구, 땡전 한 푼 없는 주제에 배만 보면 황제가 따로 없네! 에라, 모르겠다. 남들처럼 이렇게 살다 가는 거지, 뭐. 잔소리꾼 마누라는 병원에 좀 가라고 닦달하겠지만, 이거 원, 흥부처럼 박을 탈 수도 없으니.

그러다 제 얼굴을 향해 삿대질한다 .

–뭐 한 게 있다고 벌써 마흔이 훌쩍 넘었냐! 아니다, 그래도 이 정도면 대단한 거야. 명함도 있고, 집도 있고, 가족도 있잖아. 아 참! 자가용도 있네.

그리고 다시 아침이 밝아 온다. 눈부신 아침 해를 맞으며 일터로 향하는 배불뚝이 가장. 지구상에 존재하는 단 하나의, 자신만의 책상을 향해 달린다. 힘든 세상, 징그러운 일들을 맞닥뜨려도 굳세게 견디기를!

지하철에서

오랜만에 지하철을 탔다. 빈자리에 앉자마자 맞은편에 앉은 젊은 여자와 눈이 마주쳤다. 순간적으로 내가 있는 곳이 지하철이란 사실을 잊을 뻔했다. 여자의 앞머리에는 분홍빛 헤어롤이 말려 있었다. 잠시 후 여자는 다음 역에서 내리는지 능숙한 손놀림으로 헤어롤을 빼냈다. 봉긋하게 올라간 앞머리가 한결 인상을 부드럽게 만들었다. 아, 이래서 앞머리를 말아 올리는구나, 하는 순간 전동차 문이 열리고 또각또각 구두 소리와 함께 여자는 퇴장했다. 어디로 가는 걸까? 사무실? 아르바이트? 결혼식장? 저렇게 곱게 화장을 하고 가는 곳은 어디일까 갑자기 궁금해졌다. 달리는 지하철 안에서 쳐다보는 눈이 한둘이 아닌데 화장을 하고 머리를 손질하는 용기는 어디서 나오는 걸까? 사실 밖에서 화장하는 여자를 오늘 처음 본 것은 아니다. 그녀들은 출근 시간 발 디딜 틈 없는 전동차 안에서도 거침없이 움직인다. 일단 자리에 앉으면 그때부터 시작이다. 가방 안에서 두툼한 화장품 파우치를 꺼낸 다음 헤어롤을 말고 얼굴에 하얀 크림을 펴 바른다. 아침에 집을 나서면 이 자리에 앉기까지 알게 모르게 손을 많이 사용했을 텐데 아무 거리낌이 없어 보인다. 본격적인 화장이 시작되면 희미했던 눈썹이 짙어지고 눈매는 더욱 또렷해진다. 마스카라를 바른 속눈썹이 리히텐슈타인의 〈행복한 눈물〉에서 보던 것만큼 길어지는데 흡사 신기한 마술을 보는 것 같다. 마지막으로 립스틱까지 바르고 난 여자는 마치 아무 일도 없었던 것처럼 새침한 표정으로 돌아와 있다.

언젠가 공공장소에서 화장하는 여자들에 대해 후배와 이야기를 나눈 적이 있다. 후배는 자신도 그럴 때가 많다고 했다. 그리고 그렇게라도 바쁜 시간을 쪼개 화장을 하는 이유가 일하면서 만나는 사람들에 대한 예의 때문이란다. 비록 남들에게 자랑할 만큼 좋은 직장을 다니는 것은 아니지만 일할 곳이 있어 행복하고, 내 힘으로 일해서 돈을 버는 만큼 보람도 크다고 했다. 그러니 공공장소에서 화장하는 수고로움이야 얼마든지 이겨 낼 수 있다는 투였다. 그 말을 듣는데 동화 속 재투성이 신데렐라가 떠올랐다. 신데렐라는 마법의 주문 한마디에 눈 깜짝할 사이 변신을 하고 주변의 도움도 받는다. 한껏 멋을 낸 신데렐라는 멋진 왕자를 만나고 공주 대접을 받지만 밤 열두 시가 지나면 본래의 모습으로 돌아와야 한다. 그런 신데렐라와 달리, 스스로의 힘으로 매일 일정 시간을 할애해 공들여 변신하는 그녀들에게는 통금 시간이 따로 없다. 보란 듯이 사람들 앞에서 앞머리를 말고, 에어쿠션을 두드리고, 입이 삐뚤어지는 것도 모른 채 마스카라를 칠하는 자유로움과 당당함이 있다. 신데렐라의 유리 구두는 없지만 대신 내일로 향하는 흙투성이 구두를 신은 여자들이여, 그대들에게 뜨거운 박수를 보낸다.

사는 데 꼭 필요한 만큼의 힘

초판 1쇄 인쇄 2017년 11월 30일
초판 1쇄 발행 2017년 12월 5일

지은이 노경실
펴낸이 고용석
펴낸곳 다우출판

등록 1999년 7월 15일(제03-01192호)
주소 서울시 마포구 토정로 222 한국출판콘텐츠센터 422
전화 02-701-3443
팩스 0505-115-3443
이메일 onbooker@gmail.com

ISBN 978-89-88964-45-3 03810

- 이 책은 한국출판문화산업진흥원의 출판콘텐츠 창작자금을 지원받아 제작되었습니다.

- 이 도서의 국립중앙도서관 출판예정도서목록(CIP)은 서지정보유통지원시스템
  홈페이지(http://seoji.nl.go.kr)와 국가자료공동목록시스템(http://www.nl.go.kr/kolisnet)에서
  이용하실 수 있습니다.(CIP제어번호: CIP2017032096)